AF272596

Der Schmetterling Machaon

Irina Kandaurova

Der Schmetterling Machaon

Bibliografische Information der Deutschen Nationalbibliothek:
Die Deutsche Nationalbibliothek verzeichnet diese Publikation in der Deutschen
Nationalbibliografie;
detaillierte bibliografische Daten sind im Internet über
http://dnb.d-nb.de abrufbar.

© 2011 Irina Kandaurova
Satz, Umschlaggestaltung, Herstellung und Verlag:
Books on Demand GmbH, Norderstedt
ISBN: 978-3-8423-9855-9

Inhalt

Statt eines Vorwortes

Diese Geschichte wurde nicht dazu geschrieben, um das große und unglückliche Russland noch einmal zu beschimpfen. Und im Besonderen nicht dafür, um für das kleine und satte Deutschland ein Loblied anzustimmen.

Diese Geschichte wurde vor allem dazu geschrieben, um zu zeigen, dass es nicht angeht, einen Liegenden mit Füßen zu treten. Niemand ist berechtigt, einen schwachen und kraftlosen Menschen zu erniedrigen. Der Mensch soll immer ein Mensch bleiben, sogar in seinem schlimmsten Auftreten.

Egal, wer du in dieser Welt bist, Russe oder Deutscher, Franzose oder Türke, und bei welchem Gott du um Hilfe bittest, wenn du krank bist – an Jesus Christus, die Jungfrau Maria oder Allah – du musst doch keinen Weg gehen, der aus reinen Erniedrigungen, Kränkungen, Verhöhnungen und »Foltern« besteht. Und ich übertreibe durchaus nicht. Ich bin vor Kurzem dreimal selbst diesen schrecklichen und peinlichen Weg in Russland gegangen.

Damit Sie mich richtig verstehen: Ich möchte nicht die fachlichen Kenntnisse eines deutschen oder russischen Facharztes beurteilen. Ich habe davon keine Ahnung und bin nicht berechtigt, einen Arzt zu begutachten. Aber ich will darüber schreiben, wie sich ein unglücklicher Patient fühlt und welche Qualen er überwindet.

Denn solch eine Gemeinheit, die momentan in Russland im Bereich des völlig zusammenbrechenden Gesundheitsschutzes geschieht, soll sich nie und nirgendwo auf der Erde wiederholen.

Und eines ist meiner Meinung nach eindeutig: Sogar unter den schrecklichsten Lebensbedingungen sollte der Arzt meiner Meinung nach ehrlich sein, ein gutes Herz und eine unbestechliche Seele haben. Sonst ist er kein Arzt, sondern ein gewöhnlicher Freibeuter und Plünderer. Viele sind damit nicht einverstanden und sagen: »Was soll er tun? Der Arzt ist auch nur ein Mensch und er muss seine Kinder ernähren.« Natürlich ist das richtig. Diese Meinung existiert in Russland. Alles, worüber ich hier erzählen möchte, ist passiert.

Sicher ist, dass meine Offenbarungen niemanden gleichgültig lassen werden: keinen Deutschen, keinen Russen. Aber es gibt einen Unterschied; den, dass der Deutsche, erschreckend, leise ausspricht:

»Oh! Mein Gott! Ist das möglich?!!«

Der Russe beantwortet ganz ruhig:

»Man darf! Und man *darf noch mehr*!!!«

Im vorigen Jahr, genauer noch innerhalb von vierzehn Monaten, wurde ich zehn Mal schwer operiert.

Zuerst wurde ich dreimal in Russland in Sankt Petersburg operiert. Und danach wurde ich sieben Mal in Deutschland in der Klinik Sulzbach operiert.

Aber leider bin ich nicht gesund geworden und werde heute durch die deutschen Ärzte streng kontrolliert – ich erwarte weitere Operationen …

In dieser Zeit wurden die Kliniken, sowohl die deutschen als auch die russischen, zu meinem zweiten Zuhause, was ganz normal ist.

Aber diese Anstalten unterscheiden sich so drastisch voneinander, dass ihre Unterschiede und ihre Gegensätze mich immer wieder wundern.

Gerade auf den ausgeprägten Gegensätzen gründet sich meine Geschichte. Es war eine eigenartige Reise aus einer baufälligen Hütte in einen Präsidentenpalast. Und zurück aus einem schicken Hotel ins Fellzelt.

Über die Professoren und hohe Professionalität

Viele Kranke erwarten das Treffen mit einem Professor, um genau zu erfahren, was mit ihrer Gesundheit passiert. Ich warte jedoch aus einem ganz anderen Anlass auf dieses Treffen. Und ich kann nicht genau sagen, was mir diese Treffen mehr bringen: Freude oder Schmerz.

Ich weiß nur eines genau, dass ich mich bei diesen Treffen um meine Gesundheit gar nicht beunruhige. Und wie kann meine Gesundheit mich beunruhigen, wenn mich der deutsche Professor Ulrich Mester mit seinem ganzen Aussehen an meinen Ehemann erinnert, der übrigens auch Professor gewesen ist, aber der schon längst nicht mehr lebt, und der mir heute so fehlt. Dasselbe reine männliche Gesicht, derselbe kluge starre Blick, dasselbe edle Grauhaar und dieselbe Hand des großen Richters.

Der deutsche Professor ist immer von zahlreichen Schülern umgeben, mein Ehemann hatte auch kaum weniger um sich. Wie viele? Ich kann mich daran schon nicht mehr erinnern.

Das waren im Großen und Ganzen die begabten und findigen Jungen, die, wie es in diesen Fällen üblich ist, auf Anhieb alle Gedanken direkt aufgefangen haben und die schweren Aufgaben des Professors richtig einschätzten.

Gerade bei solchen Schülern konnte mein Ehemann ein ziemlich gutes abstraktes Denken und eigene Lösungsansätze für dieses oder jenes Problem entwickeln.

Trafen die hervorragenden Schüler es genau, so schaute mein Wladimir immer wieder bewundernd auf diese. Einer unter ihnen war Igor Timofejew, von hohem Wuchs, ein schlanker, prägnanter »Stawropoler Hengst«, ein hübscher Mann, an welchem keine junge Frau vorbeigehen konnte.

Eine auffällige Schönheit mit feurigem Temperament ließ nicht nur den Frauen, sondern auch selbst Igor keine Ruhe. Vielleicht hat er gerade deshalb eine zu schnell verliebte Natur, und alle seine neuen Liebesverhältnisse beeinflussten die Wissenschaft verhängnisvoll …

Später freilich, als der »Stawropoler Hengst« ein bisschen kühler wurde, erreichte er riesige Leistungen.

»Nein, so was, die Natur hat in diesem Menschen alles zu gleichen Teilen verteilt, den Verstand und die Schönheit. Es ist sogar unsinnig, etwas zu ändern oder zu tauschen«, machte mein Ehemann kluge Scherze.

Aber leider reagierte gerade der »Stawropoler Hengst« als einer der ersten »richtig« auf die Perestrojka. Eilig wechselte Igor den »Kurs« um dreihundertsechzig Grad und begann ein Jurastudium. Und heute steht er erfolgreich an der Spitze seiner kleinen Privatkanzlei in der Stadt an der Newa.

Und ich bin nicht berechtigt, diesen Menschen zu verurteilen, da er schon drei Kinder, eine geliebte Ehefrau, eine Schwiegermutter, eine Katze und einen Hund hat.

Manchmal gab es freilich die Weder-Fisch-noch-Fleisch-Schüler. Und mein Ehemann wunderte sich dann zu Hause ganz offen:

»Wozu brauchen sie das? Sie sind richtige Sado-Masochisten. Sie quälen sich selbst und sie quälen die anderen noch mehr.

Die russische Perestrojka hat diese Schüler auf all den Märkten und Basaren der Stadt verteilt, wo sie unter den mittleren Geschäftsleuten sehr erfolgreich einen ersten Platz einnahmen.

Und weiter? Nach diesen Schülern und mittleren Geschäftsleuten folgten ein solcher Wirrwarr und ein solches Durcheinander, dass es bis heute keiner der Schüler meines Ehemannes im Fach schaffte. Und mein Ehemann ist schon nicht mehr am Leben – sein Herz muss keine Gemeinheiten mehr aushalten.

»Oh, mein Gott! Die Menschen haben keine Ahnung, was sie tun!« – Gerade diese eine der letzten weisen Phrasen von Wladimir, merkte ich mir bis heute.

Sulzbach. Und Professor Ulrich Mester ist Gott und Zar. Er ist ein sehr anspruchsvoller und kundiger Fachmann. Das merkt man überall: an der straffen Organisation, an der genauen Erkrankungsdiagnose, an ordentlichen Operationsvorbereitungen, an der Operation selbst und an einer ausgezeichneten Kooperation des einmütigen Teams, wo »alle für einen und einer für alle« stehen.

Disziplin, Professionalität, Sorge und Hochachtung für sich und andere: Das sind die Hauptgrundlagen für dieses Team und eine Gewähr für die erfolgreiche Behandlung der Kranken.

Meine letzte zehnte Operation. Ehre und Lob, Verehrung und viele Lebensjahre an den Professor und sein Team. Ich bedanke mich bei ihm für seine Professionalität und seine Ausdauer, für seinen Eifer und seine Ergebenheit, für seine Sorge, Wärme, Aufmerksamkeit und Liebe.

Innerhalb von eineinhalb Jahren war ich »frei« und werde seither durch die Augenärzte in St. Wendel kontrolliert. Und die Ärzte, welche mein Auge untersuchen, wundern sich immer wieder:

»Was für eine Arbeit! Das ist Professionalität!«

Und ich antworte zufrieden:

»Das ist eine außerordentliche Arbeit! Das ist die beste Probe!«

Und ich erinnere mich an einen kleinen unsinnigen Fall, der mir persönlich mit einem jungen Chirurgen passierte.

Einmal fragte Professor Ulrich Mester ihn während einer weiteren Untersuchung bezüglich meiner Erkrankung.

Der Arzt hat es entweder vergessen oder außer acht gelassen. Aber wie ein Schüler, der eine Frage des Lehrers nicht richtig beantworten kann, holte er lang und weit aus:

»… Frau Nagel … aus Sankt Petersburg … dreimal operiert …«

»Ich weiß!«, unterbrach der Professor ihn schroff. Und fragte genauso schroff:

»Haben Sie die Krankengeschichte gelesen?«

»Jawohl!«, setzte der junge Chirurg seinen Willen durch.

»Ich sehe nicht, dass Sie sie gelesen haben! Lesen Sie jetzt!«

Dieser Befehl erklang über den schweigenden Zuhörern wie ein Schuss. Eine peinliche Pause brach herein. Und sämtliche um den Professor herum stehenden jungen Ärzte waren starr in Erwartung. Der Professor wartete auch schweigend und auf einem Stuhl sitzend. Der arme Arzt brauchte nichts anderes zu tun, als die Geschichte meiner Krankheit schnell durchzublättern. Aber er konnte wieder nichts finden.

Stille! Die Zuhörer erstarrt! Und nur die Seiten meiner Krankengeschichte durchblätternd, erinnerten sich alle Anwesenden an eine Aufregung und einen unsinnigen Fall des Chirurgen.

Und ich? Es tat mir um den hübschen Arzt mit den starken geschickten Händen und einem klugen Kopf wirklich leid.

Aus Langweile

Ich habe eine sehr schlimme russische Angewohnheit in den Westen mitgebracht: endlos zurückzublicken und auf einen plötzlichen Rückschlag zu warten.

Und fast ein Jahr lang, besonders an den dunklen, kalten Herbstabenden, konnte ich nie einer Angst entgehen, die sich anhörte, wie jemand, der hinter mir mit den Absätzen klappert.

Ich war wie die gespannte Saite eines Musikinstruments in solchen Minuten; bereit zu reißen und in der Erwartung eines plötzlichen Angriffs an einer Überspannung zu sterben.

Und genau ein Jahr lang blieb ich stehen und ließ alle vor, egal ob es noch ganz kleine Kinder, Erwachsene oder alte Menschen waren.

Ich ließ alle vor, und erst wenn ich überzeugt war, dass mindestens zehn Meter um mich herum niemand war, ging ich weiter.

Eines Tages holte mich irgendein Mann eifrig ein, um nach dieser oder jener von ihm gesuchten Straße oder nach diesem oder jenem von ihm gesuchten Haus zu fragen. Ich war heilfroh, dass dieser Mann kein Psychopath oder Mörder war, ohne es ihm erklären zu können. Ich riss meine Augen auf und war nicht in der Lage zu verstehen, was er von mir wollte. Ein Fremder möchte eigentlich nur das eine: das nächste Postamt finden.

Aber diese Geschichte fing lange vorher an, als mich ein Unbekannter, der nach einem Postamt suchte, zu Tode erschreckte, und lange vor der Bekanntschaft mit dem deutschen Professor Ulrich Mesner, der meinem Ehemann glich wie ein Ei dem anderem.

Diese Geschichte fängt am Ende des Winters an. Etwa Anfang März rief mich meine alte Mutter in Deutschland an und sagte weinend, dass sie sterbe. Selbstverständlich kehrte ich sofort nach Sankt Petersburg zurück.

Meine alte Mutter ist Gott sei Dank nicht gestorben! Und was ist mit mir passiert? Es passierte mir ein richtiges Unglück: Ich bin über Raufbolde gestolpert, sie überfielen mich ohne besonderen Grund, aus Langeweile. Das passierte am helllichten Tage, bei meinem eigenen Haus, in dem ich den großen Teil meines Lebens gewohnt habe:

Drei Jungen – Milchbärte – gingen mir entgegen, als ich aus einem Laden mit zwei schweren Einkaufsnetzen zurückkam. Und ich war sogar erfreut, als ich drei Jungen gesehen habe. In der letzten Zeit haben in Russland alle vor Schurken Angst. So jemand kann einen umbringen, ausplündern, vergewaltigen und überhaupt alles tun, was er will, besonders mit den Kindern oder Frauen.

Als dieser Auswurf mich einholte, gab ich ihnen schweigend den Weg frei und wartete nicht erst auf einen Schlag auf den Kopf mit einem Polizeiknüppel. Aber der Schlag ist nicht auf den Kopf, sondern auf das Ohr erfolgt, und das hat mich teilweise gerettet. Der Schlag war jedoch so mächtig und stark, dass ich in Ohnmacht in den schmutzigen Schnee stürzte. Gott weiß, wie lange ich so lag. Und als ich zur Besinnung kam, konnte ich nicht sofort verstehen, was passiert war.

Aber ein starker Kopfschmerz und die in den Schnee gefallenen Äpfel halfen mir, mich zu erinnern. Ich wurde nicht vergewaltigt, nicht umgebracht und auch nicht beraubt. Irgendwelche moralische Missgeburten haben einfach auf meinen Kopf geschlagen und sind weiter gegangen, als sei nichts passiert. So muss man es mit allen tun, was einem entgegen kommt …

Ich kann mich nicht genau erinnern, wie ich nach Hause gekommen bin. Ich erinnere mich, dass das rechte Ohr taub wurde, meine Beine waren schwach und wie aus Watte. Ein verräterischer Schüttelfrost verfolgte mich die ganze Nacht. Ich schlief in einem Halbbewußtsein, einem Halbwahn. Am nächsten Morgen, als ich mich ein bisschen besser fühlte, wollte ich das bei der Miliz anzeigen.

14

Draußen schient die helle Märzsonne, aber es war sehr frostig. Und plötzlich entstand vor meinen Augen ein wunderschöner Schmetterling, der einem Schwalbenschwanz glich.

Er schlug mit seinen grellen Flügeln ein paar Mal und saß dann auf meiner rechten Schulter. Woher kam dieses Wunder, und noch dazu im kalten, grauen Petersburg? Ich wunderte mich und blieb wartend stehen: Was war los?

Der Schmetterling saß weiter auf meiner rechten Schulter. Ich versuchte diesen Schmetterling vorsichtig zu fangen, aber er flog plötzlich fort, er ließ mich für zu lange Zeit in Dunkelheit. Auf diese Weise wurde ich auf dem rechten Auge blind. Ich bin mit einer wunderschönen Erscheinung erblindet.

Und ich begann die langen Monate eines Kampfes der Hoffnungen, Aufregungen und Erwartungen.

Die Länder, Städte und Operationen folgten aufeinander, und die Sehkraft ist leider nie zurückgekommen.

Übrigens die Schmetterlinge: Es gibt eine alte östliche Sage, dass der Schmetterling als ein besonderes Zeichen vom Himmel an den Menschen gesendet wird. Und es tut mir wirklich leid, dass mein Schwalbenschwanz nur eine wunderschöne flüchtige Erscheinung und ein bezauberndes Trugbild war!

Der erste Schock und die ersten Erprobungen

Bei der Miliz wurde ich sehr schlimm aufgenommen.

»Weib! Geh nach Hause und bedanke dich bei Gott und dem Schicksal, dass du überhaupt am Leben geblieben bist. Du musst uns richtig verstehen: Es gibt bei uns heute so viele nicht aufgedeckte Überfälle, Autodiebstählen und Ermordungen, dass wir ehrlich gesagt für Sie und für Ihre Straßenidioten keine Zeit haben. Hundert Prozent kriminelles Russland – das ist kein Scherz und kein Geschenk – nicht für Sie, nicht für uns!«

»Und was ich muss tun?! Ich sehe mit meinem Auge nichts mehr.

»Ich empfehle Ihnen, zuerst zum Augenberatungszentrum, Litejnyj Prospekt zu gehen und sich untersuchen zu lassen.«

Genauso machte ich es.

Ich blieb einen halben Tag in der langen Reihe sitzen und hörte vom Arzt eine schreckliche Diagnose:

»Netzhautablösung. Und eine anständige Ablösung. Sie sollen dringend operiert werden.«

»Doktor, ich lebe eigentlich in Deutschland. Vielleicht ist es für mich besser, dort operiert zu werden.«

»Es ist zu spät, meine Liebe, an Deutschland zu denken. Während der Reisezeit nach Deutschland wird sich ihre Netzhaut völlig ablösen. Sie brauchen jetzt ein »Bettregime« und Ruhe. Liegen und noch einmal liegen, und das mit geschlossenen Augen. Da ist Ihre Krankenhauseinweisung zur dringenden Operation. Und nehmen Sie einen neuen Blutprobeschein, EKG, Bescheinigung über Mundsanierung und Röntgenaufnahme mit.«

»Wenn ich Bettruhe brauche, wie kann ich da diese Bescheinigungen sammeln?«, wunderte ich mich offen.

»Aber alle sammeln sie doch! Und Entschuldigung, aber das sind doch Ihre Probleme und nicht meine.«

Eine Woche lang habe ich diese vier Teufelsbescheinigungen gesammelt. Ich bin jeden Morgen um fünf Uhr früh aufgestanden, saß in einer langen Reihe, die aus etwa fünfzig Personen bestand, blieb, und es nervte mich sehr, dass ich nicht zur Operation kam.

Damals hatte ich keine Ahnung, dass diese vier Teufelsbescheinigungen gar nichts waren im Vergleich mit dem, was später auf mich wartete.

In Deutschland, wohin ich endlich angekommen bin, nach drei misslungenen Operationen in Sankt Petersburg, war ich schon nicht mehr schockiert und probierte es zuerst einmal aus.

Und derselbe Besuch eines deutschen Augearztes war gar komisch, weil ich noch einmal mit Laser behandelt werden wollte. Ich war wie ein Zombie durch einen russischen Chirurgen programmiert, dass ich unbedingt im September noch eine Laserkorrektur brauche.

»Sie brauchen nur eine Laser-Korrektur! Und keine Operationen. Sie können kaum mit einer Wimper zucken, wie die Deutschen in Ihr krankes Auge Gas oder noch schlimmer Silikon pumpen. Sie wollen und können doch mit den Händen nichts machen. Nur wir, die russischen Ärzte, operieren mit den Händen. Und als Belohnung erhalten wir nur Kopeken!«

Junge, liebe und dumme Jelisaweta! Mit deinen Lippen den Honig trinken! Helfe mir wirklich eine Laser-Therapie ... Aber, leider ...

Der hervorragende Behandlungsraum eines deutschen Augenarztes in Sankt Wendel wurde mit moderner Technik ausgestattet. Über die zahlreichen Steuerpulte funktionierte alles automatisch.

Der Stuhl, auf welchem ich gesessen habe, war super! Er konnte einfach mit einem Knopfdruck zu einer diagnostischen Ausrüstung werden. Und ich brauchte dabei nicht aufstehen!

Während der Augenuntersuchung schimmerten auf den modernen Bildschirmen die elektronischen Bilder von merkwürdigen Figuren, bunten Linien und für mich unverständlichen Schriftzeichen.

Wie kann man das mit russischer Gesichtsfeldprüfung mittels eines uralten Gerätes in der Augenklinik Sankt Petersburg vergleichen?

Das ist ein einzigartiger Kompass, nur statt der Zeiger hat ein russischer Augenarzt in der Hand einen Zeigestab. Und mit diesem Zeigestab kann er feststellen, ob das kranke Auge nach Norden oder Süden, nach Westen oder nach Osten sieht.

Dieses Gerät müsste schon seit langer Zeit dem Krankenhausmuseum zum Gedächtnis und zur Ehre der Fachleute, die es erfunden haben, gehören, aber die Klinik Sankt Petersburg kann davon keinen Abschied nehmen. Und zu einer netten Mütze übergehen, die der deutsche Arzt auf seinen Kopf gesetzt hat und eine Lampe eingeschaltet hat, um eine Diagnose meines Auges durchzuführen.

Vielleicht habe ich deshalb auf den Arzt wie auf ein komisches menschenähnlichen Wesen von einem anderen Planeten gesehen, da ich eine solche Mütze zum ersten Mal gesehen habe.

Freilich beachte ich später in der Klinik Sulzbach kein komischen Mützen oder kein anderes modernes Zubehör der Augentechnik mehr. Ich erwarte nur eines: Na, was nun? Wann sagt mir der Arzt, dass alles OK ist und ich nach Hause zurückkehren kann?

Die ganze Errungenschaftsausstellung der Augentechnik der letzten Jahre in Sankt Wendel wurde mit einem Foto vollendet: ein Wandbild der Arztkinder von ihrer Geburt bis heute.

Aber ich hatte keine Zeit, um das kindische Wandbild gründlich zu betrachten. Ich wurde ich mit moderner Diagnostik streng verurteilt, die in deutsch wie ein Gedicht klang:

»Das Auge kann nicht sehen, auf Wiedersehen.«

So wurde ich, statt der erwarteten Laserbehandlung, in die Augenklinik Sulzbach eingewiesen, wo ich mehrmals operiert worden bin und wo keine Teufelsbescheinigungen erwartet wurden und die Blutprobe und das EKG wurden direkt im Krankenhaus durchgeführt.

Bezüglich der zwei letzten Bescheinigungen habe ich meine eigene Meinung – diese Bescheinigungen werden in Russland überall immer wieder eingefordert. Bisher gehen die tuberkulose- und karieskranken Menschen ohne Hollywoodlächeln überall durch die Straßen.

In Russland lag ich zusammen mit einer Frau in einem Krankenzimmer. Ihr wurden drei Zähne auf einmal entfernt, damit sie eine Mundsanierungsbescheinigung erhielt. Gleich am nächsten Tag wurde sie an einem Auge operiert.

Das Gesicht dieser Frau konnte man nicht ohne Schaudern ansehen. Und wer weiß, an welchen Schmerzen sie mehr gelitten hat.

Über eine Krankheit kann man viel reden

Meistens spricht man über Mitleid, Zartgefühl, Hilfsbereitschaft, Barmherzigkeit und Sorge da, wo es kein Geld gibt.

Und ich überzeugte mich davon noch einmal, als ich mit der Chefin der Augenstation der Klinik in Sankt Petersburg sprach.

Wir haben innerhalb von ein oder zwei Minuten über die bevorstehende Operation gesprochen, und meistens wurden Fragen über meine Familie gestellt: »Mit wem wohnen Sie?«, »Wie wohnen Sie?«, »Auf wessen Kosten wohnen Sie?«

Ich konnte keinen Sinn in unserem Gespräch erkennen, bis mir offen mitgeteilt wurde, dass ich für einen bestimmten Zeitraum eine Hilfe brauche.

»Ja, ich wohne mit meiner Tochter zusammen«, bekannte ich ehrlich aus Dummheit und Einfalt.

»Hervorragend. Dann kann Ihre Tochter Ihnen dabei helfen.«

»Aber meine Tochter ist im Schwangerschaftsurlaub und es geht ihr gesundheitlich nicht so gut.«

»Aber sie kann Ihnen doch ein Glas Wasser geben«, bestand die Stationsleiterin auf ihrer Meinung.

»Aber wenn es nur ein Glas Wasser ist …«

»Wieso nur ein Glas? Sie muss Ihren Schieber hinaustragen und Sie waschen und füttern und …«

»Mich waschen? Ich kann mich doch selbst waschen.«

»Meine Gute! Sie verstehen mich nicht richtig! Heute abend werden Ihre Augen verbunden und Sie liegen unbeweglich im Bett. Sie sind also total blind und hilflos – zwei Tage vor der Operation. Und dann noch zwei Tage nach der Operation, vielleicht drei Tage. Sie brauchen für fünf Tage eine Pflege. Wir sind hier kein Kurort, das sollten Sie verstehen. Alle Patienten werden von den Verwandten gepflegt«, stellte die Stationsleiterin etwas schärfer fest.

»Und wenn die Verwandten nicht helfen können, was dann?«

»Dann helfen die Freunde, Wohnungsnachbarn.«

»Aber ich habe noch keine Freunde. Und meine Nachbarn sind neu: Ich kenne niemanden«.

»Meine Liebe! Sie verstehen mich immer nicht oder aller Wahrscheinlichkeit nach möchten Sie nicht verstehen, Sie haben doch jemanden?«

»Ja. Meine fünfundachtzigjährige Mutter und eine hochschwangere Tochter.

»Und Ihr Schwiegersohn?«

»Mein Schwiegersohn?« Ich wunderte mich, erinnerte mich an einen noch jungen und nicht erfahrenen Andrjuschka.

»Nein! Nein! Der Schwiegersohn arbeitet!«, fügte ich erschrocken hinzu.

»Also, halten Sie sich daran, was wir mit Ihnen verabredet haben. Heute abend werden Ihre Augen verbunden und Sie müssen die ganze Zeit gepflegt werden. Aber wer pflegt Sie? Das sollen Sie selbst entscheiden, und damit ist unser Gespräch zu Ende.«

»Bitte um Entschuldigung! Und eine Krankenpflegerin? Kann ich eine Krankenpflegerin bekommen?«

»Kaum! Wir haben eine Krankenpflegerin für zwei Stationen. Wieso haben Sie Angst? Sie sehen ja ganz verstört aus. Teilen Sie diese fünf Tage zwischen Ihrer Tochter und Ihrem Schwiegersohn auf und alle Probleme sind gelöst.«

»Sie sind noch ganz jung und haben keine Erfahrung. Und ich möchte nicht, dass sie mich in diesem Zustand sehen.«

»Sie, die Kranke, brauchen sie nicht zu schonen. Sie sind Ihre Mutter und sie sollen sich daran gewöhnen, Sie zu pflegen. Was wollen Sie tun, wenn Sie alt werden. Ah?!«

»Aber ich bin noch nicht zu alt!«

»Dass sollen sie Ihnen beibringen, dass Sie noch nicht zu alt sind. Und

Ihre Tochter und ihr Schwiegersohn sollen mit Ihnen mitleiden und barmherzig sein, mitfühlen, sorgen und verstehen. Sie sind eine komische Mutter: Die Kinder tun Ihnen leid, aber sie leiden nicht mit Ihnen …«

Ich weiß nicht wie, aber ich bin nach diesen drängenden »Befehlen« doch zur Besinnung gekommen und konnte selbstständig entscheiden.

»Also, wenn ich keine Pflegerin finde, werden meine Augen auch nicht verbunden!«, beendete ich fest entschlossen unser unsinniges Gespräch.

»OK, das ist Ihre persönliche Sache. Und Sie sind auch dazu berechtigt, auf eine Operation zu verzichten.

Am Donnerstag, als ich eine Einweisung in die Augenklinik Sulzbach bekam, hatte ich schon verstanden, dass ich nur am Montag dorthin ging, egal wie wichtig meine Operation war.

Für mich war es dem Tod ähnlich, zwei Tage im Krankenhaus zu bleiben, sogar wenn es ein deutsches Krankenhaus war.

Es gibt die Menschen, die sehr gern behandelt werden, und ich kann sogar eine Woche lang ohne Arzt leben. Endlos prüfen sie ihre Gesundheit und ziehen daraus sehr viel Energie. Sie werden mit Seele und Körper jünger, vor allen Augen hübscher.

Ich habe eine komische Bekannte, die ständig zum Arzt geht, als wäre es ein Fest oder eine gute Erstaufführung. Sie empfindet bereits im Voraus Vergnügen daran. Manchmal kommt sie sehr verwirrt zurück und sagt am Telefon traurig:

»Irina! Kannst du dir vorstellen, sie haben bei mir keine neue Krankheit entdeckt. Aber ich bin doch krank, oder?!«

Diese dumme Frau versteht ihr Glück nicht, wenn nichts weh tut und es keinen Befund gibt. Und sie kann nur eines nicht verstehen: Wenn die Ärzte eine ernste Erkrankung bei dir finden, wirst du nie wieder gesund.

Ich habe mich mit meinen eigenen Augen davon überzeugt. Außerdem kann ich die Ärzte kaum ertragen und bin meiner Gesundheit gegenüber völlig gleichgültig. Ich stecke in den Augenkliniken und Augenoperationen für mein gesamtes restliches Leben.

Und dieses restliche Leben ist ganz anders als früher, und an dieses neue Leben musst du dich irgendwie gewöhnen, dich über die einfachen Dinge freuen und auf vieles verzichten: praktisch auf alles.

Für mich persönlich ist es besser, nicht zu lesen, nicht zu schreiben, nicht am Computer zu arbeiten, nicht Fernsehen zu schauen, keinen Sport zu treiben und in meinen Fach, in dem ich mein ganzes Leben lang tätig war, nicht weiter tätig zu sein.

Was bleibt mir anderes übrig? Es bleibt mir nicht sehr viel: schlafen, essen, a an der frischen Luft langsam spazieren gehen, Radio hören, telefonieren, sich mit Freunden treffen und nicht zu vergessen mich zu erholen. Ich darf Gott nicht zürnen – das ist ein gutes Leben, da kann man nichts sagen. Aber nicht für mich, mein Leben sind doch die Bücher, ohne die ich kaum eine Woche lang leben kann.

Und nicht zu lesen, heißt für mich, nicht zu leben und nicht aus voller Brust zu atmen.

Am Wochenende ging ich mit meinen drei nachbarlichen Lieblingspferden und mit meinem eigenen literarischen Archiv-Dossier um. Dort gibt es alles: Vergangenheit, Gegenwart und Zukunft.

Ich bin der General, die Führerin, die Untergebene und der einfache Soldat meiner eigenen Arbeit. Ich stelle mir selbst eine Aufgabe und entscheide selbst. Damals, wovon ich hier spreche, wusste ich schon ganz gut, dass ich nach der nächsten (vierten) Operation ungefähr ein Monat nicht erfolgreich würde arbeiten können. Am Sonntagabend, als ich mich auf die Augenklinik Sulzbach vorbereitete, setzte ich in einem rohen, nicht korrigierten Text meine letzten Punkte und Kommata und schrieb einen ausführlichen Plan akribisch auf.

Wie ein chronischer Alkoholiker brauchte ich am nächsten Morgen ein Glas Schnaps, um den Rausch zu vertreiben, genauso brauchte ich an jenem Sonntagabend ein paar Stunden vor Ende eines angefangenen Themas.

Während ich Seite für Seite mein Archiv durchblätterte, bedauerte ich offen, dass diese Augenklinik Sulzbach jetzt gerade nicht im rechten Moment für mich kam.

Am Montagmorgen saß ich in einer Schlange in der bequemen Klinikhalle und dachte an mein grausames Schicksal, mein literarisches Schaffen und meine zukünftige Pläne hatte ich in diesem Moment völlig vergessen. Meine traurigen Gedanken wurden hin und wieder von einem für mich unverständlichen, über das Mikrofon gesprochenen deutschen Familiennamen des nächsten Patienten unterbrochen. Endlich hörte ich:

»Nagel, bitte, Kabine Nummer eins.« Ich eilte zur angegeben Türnummer. Zusammen mit mir trat ein Mann zur Krankenaufnahme hinzu. Nichts verstehend stand ich ratlos da, bis der Arzt erklärte:

»Ich habe Herrn Nagel, und nicht Frau Nagel, aufgerufen. Alle Anwesenden in der Kabine lachten erheitert. Natürlich, »Nagel« ist ein sehr verbreiteter Familienname in Deutschland, aber es ist unglaublich und außerordentlich um neun Uhr morgens an einer Untersuchungskabine zusammenzustoßen. Mein Namensvetter blieb im Arztzimmer, und ich, zurückgekommen in die Halle, tauchte wieder in meine traurigen Gedanken.

Aber als per Mikrophon aufgerufen wurde: »Nagel, bitte, Irina Nagel«, zweifelte ich nicht daran, dass ich gerade aufgerufen wurde.

Manche Glückspilze konnten nach der Untersuchung nach Hause gehen. Viele Patienten waren natürlich dort, um operiert zu werden, und solche Patienten wie ich, mit Netzhautablösung, wurden unverzüglich operiert.

Niemand unter den versammelten jungen Ärzten, noch weniger der Oberarzt oder der Chefarzt, interessierte sich für meinen Familienstand, meine Tochter nach ihrer Niederkunft oder meinen bescheidenen Schwiegersohn Andrjuschka. Sie interessierten sich nur für meine misslungenen Operationen in Russland.

Nachdem die fünf jungen Ärzte zusammen mit dem Ober- und Chefarzt mich untersucht hatten und entschieden, was getan werden sollte, war ich tatsächlich abwesend und alle meine Gedanken waren nur an bei einer Frage:

»Na, wann nun? Wann werden meine Augen verbunden?«

»Sie werden morgen um elf Uhr operiert«, hörte ich wie im Traum.

»Wieso morgen? Morgen bin ich … ich bin nicht bereit!«, sagte ich mit zitternder Stimme. Meine unsinnige Antwort brachte alle Anwesenden in Verlegenheit. Eine kleine Pause entstand. Einer der Ärzte fragte rücksichtsvoll:

»Und wann werden Sie bereit sein?«

»Ich … ich … habe keine Ahnung, aber ich brauche meine psychologische Vorbereitung!«, stammelte ich kaum vernehmbar und starrte wie eine Närrin auf den Fußboden, um irgendwie meine aufrichtige, panische Vergangenheitsangst zu verstecken. Wieder entstand eine kleine Pause. Aber dieses Mal half der Oberarzt. Er lächelte und sagte:

»Bitte keine Sorgen! Alles wird in Ordnung sein!« Er klopfte mir ganz freundlich auf die Schulter und fügte hinzu:

»Morgen um elf Uhr.«

Meine allerliebste Lucie

Im Krankenhaus gibt es immer Menschen, die in einer schweren Minute helfen, erklären, vorsagen und mitleiden können. Und nichts bringt sie einem näher, als ein gemeinsamer Schmerz und ein gemeinsames Unglück.

Die russischen Menschen, mit denen ich im Krankenhaus eine lange Zeit verbracht habe, rufen mich an und schreiben heute nach Deutschland, öfter als meine Verwandten und Freunde.

Keine Ahnung, wie es nach meiner ersten Krankenhauseinweisung in Sankt Petersburg gewesen wäre und was ich überhaupt getan hätte, wäre eine markante eindrucksvolle Blonde namens Lucie – so wurde die Handelsmitarbeiterin Ludmila in unserem Krankenzimmer genannt – nicht dabei gewesen. Ich hätte es vielleicht überhaupt nicht aushalten können und wäre überhaupt nicht operiert worden.

Lucie besetzte ein bequemes Bett in der Ecke beim Ausgang und zählte schon jeden Tag bis zu ihrer Entlassung aus dem Krankenhaus. Ihr für Frauen seltener Charakterzug beeindruckte mich – ihre Vernunft beherrscht die Gefühle. Vielleicht wurden deshalb all ihre zahlreichen Verwandten und Bekannten so von ihr angewiesen, dass sie im Krankenzimmer und in den Durchgängen nie aufeinanderstießen.

Lucie sprach per Handy kurz, klar und deutlich. Wie ein Offizier befahl sie ihren Verwandten:

»Seresha! Swetka besucht mich heute, und du bist morgen dran!«, »Was? Bist du's Tatjana? Bitte bringe kein Hühnerfleisch, möchte eine Hausmacher-Bulette.«, »Nikola! Möchtest du mich besuchen? Möchtest du über deine Probleme erzählen? Ich will nicht, ich bin krank, und ich brauche Ruhe.«

Ich weiß nicht, wieso ich Lucie keinen Spaß gemacht habe, aber sie überraschte mich gleich nach unserer Bekanntschaft mit ihrer Geschichte. Und je mehr sie erzählte, desto mehr sank ich in einen Trancezustand. Ihre Offenbarungen waren eine Art von Schocktherapie.

Und nur so bekam ich es am eigenen Leibe zu spüren. So habe ich verstanden, dass man genauso handeln muss. Und es wäre noch schlimmer, berührte ich dieses Grauen ohne die ideologische Vorbereitung von Lucie.

Wie gesagt, es wäre besser einen Neuling vollständig zu informieren, damit der Kranke später nicht erschreckt und nicht schockiert wird.

»Irina! Wer pflegt dich?«

»Keine Ahnung.«

»Bist du alleinstehend? Hier kann kein Alleinstehender am Leben bleiben.«

»Nein, ich habe eine große Familie.«

»Dann geht es dir besser. Meine Tochter Swetka pflegte mich. Sie arbeitet schon seit zehn Jahren in einem Geburtshaus, deshalb kann sie nie in Verwunderung versetzt werden: Sie ist an alles gewöhnt.«

»Und meine Tochter muss bald gebären und hat vor allem Angst.«

»Ja! Es gibt doch einen kleinen Unterschied. Ist sie glücklich verheiratet?«

»Es kann sein.«

»Gehört dein Schwiegersohn zu den neuen Russen?«

»Nein! Mein Schwiegersohn ist als Tonregisseur in einem Theater tätig. Das ist ein bescheidener Junge mit einem kleinen Arbeitslohn. Wir kennen uns eigentlich kaum.«

»Oh! Oh! Oh! Das lässt sich wiedergutmachen. Jetzt, Irina, hast du eine Chance, Dich mit Deinem Schwiegersohn ganz nah bekannt zu machen. Wie sagt man, direkt mit deinem Hintern. Hahaha!«, lachte Lucie über ihre eigenen guten Scherze erheitert. Als sie genug gelacht hatte, sagte sie deutlicher:

»Dein Schieber muss rausgetragen werden, wenn deine Augen verbunden sind.«

»Ja, ich weiß. Ich bestelle wahrscheinlich eine Krankenpflegerin.«

»Krankenpflegerin?! Du bleibst doch wegen dieser Krankenpflegerin sogar ohne Unterhöschen.«

»Wieso denn?«

»Weil ein einziger Schieber hundert Rubel kostet. Wenn deine Augen abends zugebunden werden, kann ich dir ein- oder zweimal kostenlos helfen. No problem. Aber morgen, bitte um Entschuldigung, kann ich auf gar keinen Fall: Ich bin doch selbst krank. Jemand muss dir morgen unbedingt helfen. Weil du morgen vollkommen durchgespült wirst. Am Morgen wirst du an den großen Harntropf gehängt, und irgendjemand muss den ganzen Tag über deine Schieber rauszutragen. Und wenn du eine Krankenpflegerin bestellst, verdient sie nur für einen einzigen Tag ungefähr tausend Rubel. Aber das wäre nicht alles. Nach dem Harntropf, wenn das ganze Restwasser aus deinem Körper entfernt ist, wirst du ein Klistier bekommen.«

»Das ist doch furchtbar! Und wozu denn?«

»Wer weiß wozu. Die Kranken plaudern unterschiedlich: Einige behaupten, dass auf solche Weise abgenommen werden kann, andere sagen, dass die Netzhaut so besser funktioniert. Aber meiner Meinung nach brauchen wir dieses Klistier, damit wir auf dem Operationstisch nicht vor Angst kacken. Hahaha«, lachte Lucie quer durch das Krankenzimmer. Mir selbst war gar nicht nach Lachen zumute.

»Das ist doch furchtbar! Das ist doch furchtbar! Das ist doch furchtbar!« Ich murmelte wie eine Idiotin kaum vernehmbar immer denselben Satz, bis Lucie grob sagte:

»Irina! Wieso sagst du wie eine Idiotin immer wieder dasselbe. Das ist nur am Anfang furchtbar, wie gesagt beim ersten Mal. Und nächstes Mal sitzt du auf deinem Schieber wie Katarina die Große auf ihrem Thron. Und du musst der Krankenpflegerin sofort fünfhundert Rubel für diesen Spaß zu bezahlen. Also musst du selbst entscheiden. Ich habe dich gewarnt.«

»Lucie! Wieso erzählst du schon jetzt über das nächste Mal?«

»Weil die Netzhaut keine Blinddarmentzündung ist, der entfernt werden kann! Die Netzhaut ist wie die Zuckerkrankheit, eine Krankheit für das ganze Leben!«

»Das ist doch furchtbar!« Ich wiederholte diesen dummen Satz, aber dieses Mal hörte Lucie den Satz nicht. Sie setzte ihr Erkenntnisgespräch weiter fort und machte sich gleichzeitig über mich und noch zwei Zimmergenossinnen, genauso kranke Frauen, lustig.

»Was ist dein Ehemann?«

»Ausländer. Deutscher.«

»Deutscher? Das muss der Deutsche riechen! Hahaha!«

Ich lächelte widerwillig und stellte mir meinen Ehemann in dieser außerordentlichen Rolle vor. Ich interessierte mich für Lucie:

»Kann man misshandelt werden, wenn die Augen verbunden sind?«

»Weiß du, Irina! So viele Menschen werden hier so behandelt und fragen immer wieder gleich danach. Wieso kann der Mensch sich wirklich selbst pflegen, und dann verbindet man seine Augen und er kann zwei Tage lang ruhig im Bett liegen. Aber kein Patient findet eine Antwort auf diese Frage. Und ich persönlich dachte so über diese zwei Wochen: Pflegen die Kranken sich selbst, was machen wir dann? Im Krankenzimmer gibt es doch kein TV, kein Radio, kein Telefon. Erstens sterben wir vielleicht von Langeweile. Zweitens ist meiner Meinung nach unsere Stationsleiterin keine Netzhautspezialistin, sondern eine für das Klistier. Und sie kann als Stationsleiterin ihre Kenntnisse nicht vergessen. Und schließlich, die Menschen schwatzen nicht ins Blaue hinein, dass die Pferde beim Überqueren des Flusses nicht ersetzt werden. Ihre Reinigungstheorie ist genauso alt wie unsere Betten in diesem Krankenzimmer. Sie sind zu alt und sollten rausgeschmissen werden. Schon lange! Aber wer tut es? Das ist eine gute Frage, und niemand in Russland kann sie beantworten, niemand hat dazu genügend Geld, Kraft oder Lust. Und niemand macht sich um die Kranken Sorgen. Und du, Irina, bedankst dich bei Gott, dass du mit zugebundenen Augen vier Tage und nicht vier Monate, wie früher, im Bett bleiben musst.«

»Wurden die Tuberkulosekranken behandelt?«

»Genug! Es reicht! Du willst alles besser wissen. Du bist hier nicht die

Erste und nicht die Letzte. Du überzeugst dich weiter, dass alles vergeblich ist, und es ist unsinnig, gegen den Wind zu spucken, weil es hier eine Art von gegenseitiger Deckung gibt, sagen wir einen eigenen Kreis, eigene stille Wasser, eine eigene Mafia. Und ich muss jetzt überlegen, wer meinen Hintern pflegt? Und die Kosten berechnen. Obwohl eine Operation amtlich kostenlos ist, musst du für alles bezahlen. Und viel bezahlen. Und bald kannst du Dich davon selbst überzeugen. Und mein letzter Rat ist: kein einziges Wort davon, dass du in Deutschland lebst und dein Ehemann ein Ausländer ist. Erfahren sie es, bleibst du für den Rest deines Leben ohne Geld! Das wäre alles! Und ich habe, glaube mir, alles Wichtige erzählt. Und jetzt – basta! Ich möchte jetzt schlafen!«

»Lucie! Bitte beantworte meine letzte Frage«, flehte ich.

»OK, dann frag.«

»Ist dieser Behandlungsweg richtig? Muss ich denn so gefoltert und misshandelt werden?«

»Keine Ahnung. Ich weiß nur eines: Verbinde deine Augen oder nicht; mache einen Einlauf oder nicht, du kommst sowieso wieder ins Krankenhaus zurück. Aber hoffen wir darauf, dass es uns nicht trifft. Aber du, Irina, musst dir vorher Gedanken über dich machen: Du musst doch so lange Zeit ganz flach liegen, aber das ist in diesem Bett wirklich unmöglich. Deine Verwandten müssen dir ein gutes Kissen, eine Matratze oder einfach Schaumgummi bringen, um diese Löcher ein bisschen abzudecken. Schau mal, da ist mein Bett: Es hat drei Matratzen, aber ich liege trotzdem wie in einer Hängematte. Meine Swetka hat sofort begriffen, dass dieses Loch mit einer Wattedecke für Kinder gestopft werden kann. Und in Bezug auf Geld – das musst du immer dabei haben, und es ist wünschenswert, es in kleinen Scheinen zu haben, denn du kriegst nie den Rest zurück. Wenn du operiert wirst, muss du jemandem aus unserem Krankenzimmer dein Geld anvertrauen, zum Beispiel mir, wenn ich nicht entlassen werde. Du wirst mir für meine ausführliche Information einen deutschen Bräutigam suchen, oder? Hahaha. Ich bin doch eine gut gebaute zierliche Frau! Das wäre schon alles und gute Nacht.«

Egal, wie lange ich in der Klinik in Sulzbach bleiben musste, ich hatte ein komfortables Zweibettzimmer mit TV, einem Kleiderschrank, einem Rolltisch und modernen Betten mit vielen Hebeln und Fußhebeln. Mittels dieser kann das Bett angehoben, gesenkt oder wie eine Fahrbahre benutzt werden. Und mit einer leichten Handbewegung kann der Kranke sein Bett selbst bequemer machen oder sich in einen Sessel umsetzen.

Direkt neben dem Bett liegt ein Hörer, ein Fernbedienungspult, um eine Krankenschwester oder die Verwandten oder die Bekannten anzurufen. Auf diesem Pult gibt es viele Tasten – alles für den Kranken, wenn er etwa die Uhrzeit wissen oder Musik hören oder TV anschauen oder in der Nacht ein Buch lesen möchte. Und um einen Nachbarn nicht zu stören, setzt er die Kopfhörer auf, schaltet nur ein Nebenlicht bei seinem Bett ein und trennt sich durch eine nette gelbe Trennwand, die übrigens jede Woche durch eine neue ersetzt wird, vom Nachbarn ab. Und dieselbe Trennwand steht beim Waschbecken, wo die alten Deutschen jeden Morgen pünktlich um sechs Uhr zwanzig Minuten ächzend und schnaufend mit einem kleinen Einwegwaschlappen ihren Zellulitkörper sorgfältig abreiben.

Egal, wie viel Krankenzimmer und deutsche Nachbarn ich hatte, dieser kleinen Einwegwaschlappen war ein Hauptmerkmal der deutschen Sanitätsnormen, nur die Elektrogeräusche hinter der Trennwand unterschieden sich von einander, abhängig davon, was in eine Steckdose eingesteckt wurde. Und ich konnte diese Geräusche ganz genau unterscheiden: Die gedämpften Geräusche gehörten zu einer elektrischen Zahnbürste, die lauteren zu einem elektrischen Massagegerät und die schrillsten zu einem Föhn.

Morgens brachten sich alle ohne Ausnahme in Ordnung, sogar eine neunzigjährige Greisin schnurrte hinter der Trennwand vergnügt, wenn zwei Krankenpflegerinnen ihr dabei halfen, frisch und würdig auszusehen.

Übrigens in Bezug auf ein würdiges Aussehen: Die Deutschen sahen im Krankenhaus wie im Kurort oder im Restaurant aus.

Die Friseure, Make-up, Kosmetik, schöne Blusen, schöne Hosen und hochwertige Schuhe – es gibt in den Durchgängen eines Krankenhauses keine Deutschen im alten Schlafrock oder im alten Sportanzug mit ausgebeulten, verblichen Hosen. Und der Morgen in einem deutschen Krankenhaus ist einer Damenkleidung ähnlich und beginnt mit dem leckeren Duft des frisch gekochten schwarzen Kaffees, von dem du übrigens soviel trinken kannst, wie du willst.

Aber ich bin eine Ausländerin und erinnere mich deshalb zwischen diesen leckeren Düften und zufriedenem Schnurren trotzdem an ganz anderes: Ich erinnere mich an meine alte Mutter, der es einmal morgens sehr schlecht ging und niemand unter den Notärzten Sankt Petersburg half ihr.

»Wieso rufen Sie an?«

»Das Herz tut meiner Mutter wahrscheinlich weh.«

»Wie alt ist ihre Mutter?«

»Fünfundachtzig.«

»Entschuldigung, aber sie ist zu alt. Wir haben sogar für die jungen Menschen keine Zeit.«

»Was soll ich tun?«

»Geben Sie ihr irgendwelche Arznei.«

»Was, zum Beispiel?«

»Na, sie kann Baldrian-Tropfen einnehmen. Das macht es nicht schlimmer.«

»Aber besser auch nicht.«

»Weib! Das wäre alles! Bitte besetzen Sie nicht die Telefonleitung!«

Und immer noch erinnere ich mich jeden Morgen an die unglücklichen russischen Kranken, die an alles gewöhnt sind. Sie können liegend mit den Händen einfach aus einer Dose essen und sich ohne Scham direkt in der Zimmermitte wie in der Sauna nackt ausziehen, weil es keine Trennwände, keine Schränke gibt und alles ist sichtbar.

In Deutschland ist alles bis in die kleinsten Kleinigkeiten durchgedacht, sogar solche kleinen aber sehr nützlichen Details wie ein Schildchen mit deinem Familiennamen auf dem Bettrücken und genauso eines auf dem Kleiderschrank.

Und die zahlreichen Tasten, um eine Krankenschwester zu rufen? Das Zimmer ist mit diesen praktisch gespickt: beim Tisch, Nachttisch, Bett, Ausgang, und, natürlich, in der Toilette und Dusche – überall gibt es die Tasten. Alles ist dafür da, damit sich der Kranke nicht kraftlos und kränklich fühlt.

Und ich wunderte mich auch über einen Springbrunnen und einen Teich mit großen komischen Fischen auf dem Gelände des Krankenhauses. Der größte Fisch war einen halben Meter lang, gerade deshalb habe ich diesen, wer weiß wieso, scherzend »Opa« getauft.

Ein ein wenig kleinerer hieß »Oma«, und weiter die ganze Familie: »Mutti«, »Vati« und viele Kinder.

Ich verbrachte jeden Tag beim Wasser und wunderte mich über eine wundervolle Familie und einen wunderbaren Springbrunnen.

Und ich hatte cirka eine Stunde lang keinen dummen Gedanken, keine Unruhe und keine Angst vor Gegenwart und Zukunft. Und es gibt nur eine Seligkeit, eine Ruhe und eine Anschauung von Ewigkeit und Schönheit auf der Erde. Und es ist interessant, dass niemand von den deutschen Kranken in so einen Teich die Reste und Brotscheiben wirft, weil sie verstehen, dass für die wunderlichen Fische solche Leckerbissen zur letzten Leckerei werden können.

Aber als eine echte Russin wunderte ich mich, wieso die Deutschen nicht verstehen und nicht begreifen, unter welchen idealen Lebensbedingungen sie wohnen und leben. Sie sind häufig launisch wie unartige Kinder, für die alles schlimm ist, sie brauchen immer mehr und mehr.

Viele Frauen in der deutschen Klinik Sulzbach erinnerten mich vielleicht eben deshalb an die gierige, altersschwache Greisin aus dem weltbekannten russischen Märchen von A. S. Puschkin, die an ihrem Lebensende am Meer mit einem zerbrochenen Trog blieb.

Und ich weiß genau, dass keine Deutsche heute in einem russischen Haushalt und im Krankenhaus überleben könnte.

Meine sechsundsechzigjährige Nachbarin Henriette Klein beispielsweise war jeden Tag aufrichtig verstimmt, dass sie kein Einzelzimmer hatte und nicht in einer Privatklinik behandelt wurde. Und sie wurde noch verstimmter darüber, dass niemand mich besuchte. Die arme Henriette konnte nicht verstehen, dass ich ganz allein in einer deutschen Klinik glücklich war wie noch nie.

Wie konnte ich unglücklich sein, da meine Augen nie verbunden wurden, und da mir kein Klistier gegeben wurde. Übrigens, ich habe in Sulzbach nicht viel getan, weswegen ich in Russland unglücklich war. Ich kam zu mir eine lange Zeit. Vielleicht sind meine Erinnerungen an die Klinik in Sankt Petersburg bisher so frisch und dramatisch wie nie.

Die immer wieder besoffene Nino

Die Natur beschenkte diese fünfzigjährige Frau sehr reich, aber die schlanke hübsche Blonde, hoch von Wuchs, vergeudete sich von Jugend auf.

Sie hätte viel im Leben erreichen können, verwandelte jedoch ihre große Liebe zur Sauferei mit den Jahren in eine chronische Erkrankung.

Natürlich konnte diese Frau wegen ihrer Liebe zur Sauferei nicht lange Zeit an einem Arbeitsplatz arbeiten und ihr letzter Arbeitsplatz war der als Putzfrau in der Augenstation des Krankenhauses in Sankt Petersburg, wohin ich eingewiesen wurde. Gleichzeitig, weil niemand unter dem Medizinpersonal auf die bettlägerigen Kranken Lust hatte, wurde ihr anvertraut, alle Hintern der Kranken mit ihren schmutzigen, zitternden Händen zu pflegen.

Sie hieß Nino, wohl eher, weil sie wie eine echte grusinische Schöne aussah. Die immer wieder besoffene Nino konnte keinen einzigen Tag sein, ohne Wodka zu trinken und sie stank morgens so sehr aus dem Mund, dass man besser eine Gasmaske angelegt hätte. Diese Putzfrau konnte das Ende eines Arbeitstags nicht erwarten, um endlich Alkohol zu trinken. Man sagt über solche Menschen, dass sie ohne Alkohol in Brand stehen. Aber als Besoffene arbeitete sie auch sehr gut. Manchmal musste sie bis zu zwanzig Schiebern der Kranken pro Tag rauszutragen. Und Nino drehte sich wie Brummkreisel, weil es keine weiteren Bewerber in den zwei Stationen des Krankenhauses um diesen Arbeitsplatz gab.

Auf solche Weise habe ich die immer wieder besoffene Nino bestellt.

Als meine Augen um sechs Uhr abends verbunden wurden, war ich so müde und verquält, dass ich schon vor der Dunkelheit keine Angst hatte. Ich bekomme später richtige Angst, und bis dahin? Solange möchte ich mich gut entspannen, mich erholen, ausschlafen. Und wieso soll ich mich jetzt schon fürchten, wenn ich erst morgen gefoltert werde und heute schon Nino habe?! Wie zur Bestätigung meiner Gedanken hörte ich durch einen Schlummer die sorgsame Bassstimme.

»Keine Sorge, Irina, ich bleibe bei dir bis elf Uhr abends.«

Für Alkoholiker ist es leicht zu sagen, aber ihre Versprechen können sie nur schwer halten. Und die verdammten tausend Rubel, die ich ihr vor Freude darüber, dass ich eine Krankenpflegerin gefunden hatte, vorausbezahlt hatte, brannten in ihrer Tasche, und sie konnte schon nicht mehr ruhig auf einem Platz sitzen. Meine Pflegerin sprang alle zehn Minuten auf den Gang hinaus und rauchte eine Zigarette nach der anderen.

Natürlich konnte ich nicht verstehen, was mit meiner Pflegerin passierte, aber Lucie sagte es mir rechtzeitig:

»Du hast doch vorausbezahlt, jetzt darfst du nicht sadistisch sein. Lasse Nino nach Hause gehen. Aber merke dir von nun an: Bezahle niemanden im Voraus!«

»Nino! Geh nach Hause. Ich bin sehr müde und werde schlafen!« Noch bevor ich die Sätze bis zu Ende gesprochen hatte, war die Spur meiner Pflegerin kalt. Beim Schließen der Tür machte sie jedoch klar:

»Mädchen! Vielen Dank! Morgen komme ich dann als Erste zur Arbeit, genau um sechs Uhr. Morgen habe ich acht Kranke, die zur Operation vorbereitet werden müssen.

Ein halbes Jahr später, in der deutschen Klinik Sulzbach, lächelte ich unwillkürlich, als ich mir diese Putzfrau hier in meinem Krankenzimmer vorstellte, die immer wieder besoffene Nino, in der einen Hand den Schrubber und in der anderen – das Klistier.

Und die deutsche Putzfrau scheuerte unterdessen nichts verstehend sorgfältig den Fußboden …

Eine vollständige Operationsvorbereitung

Bestellte irgendwelcher Spaltungsirreseinkranke einen Harnroman oder eine Kottrilogie, könnte ich diesen Auftrag erfolgreich erledigen. Aber in der Literatur ist es am wichtigsten, nicht abgeschmackt zu sein und sich nicht zu blamieren. Und das ist wirklich schwer.

Deshalb beschreibe ich nicht das physiologische Reinigungsverfahren meines Körpers und auch nicht meine kleinen und großen Bedürfnisse.

Ich sage nur, dass mir gerade in der Zeit, als die immer wieder besoffene Nino dank meinem Hintern viel Geld verdiente, meine verbundenen Augen im Vergleich mit diesem Reinigungsverfahren gar nichts ausmachten.

Ich hatte überhaupt keine Angst vor einer grausamen ungewohnten Dunkelheit, weil ich einfach keine Zeit hatte, daran zu denken. Und am Tagesende hätte ich mich wahrscheinlich im Nirwana fühlen können, hätte ich nicht so einen erschöpfenden, zermürbenden Wirbelschmerz gehabt. Weil ich bereits einen Tag und eine Nacht starr lag, taten mir mein Rücken, Nacken und Hals weh. Und ich konnte mich kaum zurückzurückhalten, meinem Kopf zu dieser oder der anderen Seite zu drehen.

Es ist komisch, aber die Einzigen, die mich vom Schmerz ablenkten, waren die Ärzte und Krankenschwestern. Natürlich gaben sie mir keine Schmerzmittel, aber ihre Gespräche wirkten stärker als die Tabletten. Sie wirkten wie Opium auf mich, von welchem du ein bisschen berauscht wirst, so dass Du nicht verstehen kannst, was wirklich passiert. In der Klinik existieren schon lange Zeit offene Erpressung und ekelhaftes Geldrausleiern. Das Geld wird aus dem Kranken abgeschöpft, wenn er wie ein abgehetztes Pferd, dem eigentlich ein Gnadenschuss zu geben ist, bewegungslos und mit zugebundenen Augen im Bett liegt und darauf wartet, dass er an der Reihe ist.

Gerade in diesem Zustand wird er von den Menschen im weißen Kittel besucht, die für immer vergessen haben, was der hippokratische Eid ist und dass es das erste Arztgebot ist, den Kranken nicht zu schädigen.

Aber sie pfeifen auf den Kranken. Dessen Hauptaufgabe ist es, viel Geld zu bezahlen – an jeden, der an seiner Genesung irgendwie teilhat. Das ist ein Teufelskreis von einer immer wieder besoffenen Putzfrau bis ... bis zu einer Stationsleiterin. Freilich nimmt sie persönlich kein Geld, aber du musst ein Idiot sein, um zu glauben, dass sie von diesen »Gebühren« keine Ahnung hat.

Nimmt die Stationsleiterin an diesen »Gebühren« auch nicht teil, so erpressen doch ihre Ärzte frech und am helllichten Tag mitten im Krankenzimmer und vor aller Augen Geld von dem Kranken.

Es ist ein endloser Arztstrom am Bett jedes Kranken. Und es ist egal, dass die Ärzte an diesem Bett aufeinanderstoßen oder der Kranke gerade auf einem Schieber sitzt und stinkt. Glauben Sie mir: die Ärzte besuchen dich immer wieder, einmal, zweimal, dreimal ... Sie besuchen dich, so lange sie von dir Geld erpressen können.

Am Anfang kommt eine Krankenschwester mit einer langen Liste von der Stationsleiterin, gemäß dieser die Verwandten der Kranken in einer Apotheke im Krankenhaus die Arzneimittel für die anstehende Operation kaufen sollen. Diese Liste enthält Sonderfaden, Binden, Spritze und Injektionsmittel, sogar Zubehöre wie eine Mütze, Medizinstiefel und Pampers. Insgesamt etwa zweitausend Rubel. Die Öffnungszeiten der Apotheke sind streng begrenzt bis vier Uhr nachmittags. Und die armen Verwandten machen sich zusammen mit dem Kranken viele Sorgen: Wenn sie nicht rechtzeitig alles Nötige zur Operation kaufen, was dann?

Da ging es mir schon besser: Ich hier meine Menschen – meine Krankenpflegerin. Und sie wusste ganz genau, wie und wann es besser war, die Apotheke zu besuchen, um nicht in einer langen Schlange auf die nervösen Verwandten zu stoßen.

Nach der Bezahlung der für eine Operation nötigen Arzneien kommt als Zweites ein Chirurg ins Zimmer und prüft aufmerksam den Inhalt der Einkäufe.

»So! So! Gut! Es wurde alles gekauft!« Er beruhigt zärtlich den bettlägerigen Kranken und macht auch zärtlich klar:

»Morgen werden Ihre Beine verbunden, eine Mütze wird Ihnen aufgesetzt und die Pampers werden angezogen – das lege ich einzeln auf den Nachttisch. Und alles, was für die Operation nötig ist, lege ich in diese Tüte, die Sie mitnehmen, wenn Sie zur Operation geholt werden. Und keine Sorgen, bitte. Alles wird in Ordnung sein. Auf Wiedersehen!«

Aber der Chirurg nimmt nur für kurze Zeit von dem Kranken Abschied. Er kommt plötzlich wieder zurück, und diese seine Rückkehr ist wie ein psychologischer Trick: Bis dahin ist der Kranke in einem Wohlbefinden, in einem zärtlichen Verhältnis zu ihm, da kann er natürlich schlecht überlegen: »Was?«, »Wie?«, »Wozu?«

»Oh, um Gottes willen, bitte um Entschuldigung. Ich habe völlig vergessen, dass ich morgen unvorhergesehene Kosten in Höhe von von zweitausend Rubeln haben kann. Und es ist wünschenswert für Sie, mir das Geld jetzt und in bar zu bezahlen.

Und der Kranke händigt es natürlich dem Arzt persönlich aus und schämt sich, nach einer Quittung zu fragen. Und wie kannst du diesen Chirurgen danach fragen, wenn er morgen wegen deines Misstrauens vielleicht dein eigenes Auge auf deinen eigenen Hintern ziehen kann. Was dann?!

Viele Kranke verstehen natürlich ganz gut, dass diese unvorhergesehenen Kosten nichts anders sind, als ein Schmiergeld für den Arzt. Und doch glauben sie: »Und wenn es kein Schmiergeld ist? Wenn es wirklich die unvorhergesehen Kosten sind?«

So, zum Beispiel, passierte es mit der dritten Kranken im unseren Zimmer, mit einer Ex-Schauspielerin des kleinen Schauspielhauses. Sie hatte den seltenen und schönen Namen Inessa.

Inessa konnte dem Chirurgen den vorgeschriebenen Beitrag nicht bezahlen und, sich entschuldigend, sagte sie dem Arzt, dass sie gleich sofort ihren Sohn anrufen werde und er das Geld bringe. Die arme Schauspielerin war so in Aufregung, wie es sie vielleicht niemals in ihrem Theaterleben auf der Bühne war.

»Oh, mein Gott! Oh, mein Gott! Um Gottes willen, Entschuldigung, aber ich habe nur für eine Betäubung Geld dabei. Und ich wusste wirklich nichts über die unvorhergesehenen Kosten. Ansonsten hätte ich bei meinem Sohn um mehr Geld gebeten. Wir wohnen mit meiner Tochter zu dritt. Ich bekomme eine kleine Rente, und sie arbeitet in einer Bibliothek und nimmt Nähaufträge mit nach Hause. Aber sie hat nicht so viel Aufträge: Jetzt kauft man hauptsächlich Kleider von der Stange. Und dann war der Hund meiner Tochter vor Kurzem krank. Die ganzen Ersparnisse hat sie für seine Behandlung ausgegeben. Ich … ich … ich rufe gleich meinen Sohn an und er bringt das Geld nach der Arbeit mit.«

Inessa konnte sich wegen ihrer Nervosität nicht bremsen. Und sie rechtfertigte sich vor dem Freibeuter-Chirurgen für ihre Armut, so dass er es nicht mehr aushalten konnte und begann, sie zu beruhigen:

»Keine Sorgen bitte! Geben Sie mir das Geld, wenn Ihr Sohn kommt. Ich bleibe heute lange in der Klinik.

Wie man sagt, wenn der Wolf die Gänse beten lehrt, so ist ihr Kragen sein Lehrgeld!

»Irina, was bedeuten ‹die unvorhergesehenen Kosten›? Ich war so nervös, dass ich nichts verstanden habe. Ich habe nur immer wieder überlegt, wie mein Sohn eilen muss, um rechtzeitig das Geld zu bezahlen, bevor der Arzt nach Hause geht.«

»Der Arzt nach Hause geht?! Hahaha! Inessa! Du bist so naiv! Dein Arzt verschwindet nicht irgendwohin! Er wird in seinem Arbeitszimmer auf deinen Sohn warten –wenn es sein muss, auch bis morgen, weil die ‹unvorhergesehenen Kosten › nur das Schmiergeld für den Arzt sind, für eine Operation, die noch nicht durchgeführt ist.«

»Wie kann man so etwas machen? Ich könnte doch dem Arzt das Geld schenken, aber später, nach meiner Entlassung. Natürlich nicht zweitausend Rubel – das ist für mich zu viel, aber ich bezahle sicher eintausend Rubel, um mich dem Arzt erkenntlich zu zeigen.«

»Na, das steht noch nicht fest.«

»Was sagst du denn, Irina?«, sagte Inessa gekränkt.

»Inessa, bitte nimm es mir nicht übel. Diese Wärter gehören mir nicht. Ich erkläre dir nur die Gedanken eines Arztes: Erstens, ‹ich könnte geben› klingt sehr zweifelhaft, genauso wie ‹wenn› oder ‹falls›, das heißt, vielleicht gibst du, aber vielleicht auch nicht. Und zweitens könnte es sein, dass die Operation schiefgeht. Toi, toi, toi gewiss, aber was dann?!«

»Ich weiß nicht …«

»Aber ich weiß! Dann sieht der Chirurg seine zweitausend Rubel ebenso wenig wie sein Ohr.«

»Wie kann ein Arzt so etwas tun?«

»Er kann und darf! Die Ärzte erheben offen, gewissenlos und unverschämt Gebühren.«

Ich war noch nicht dazu gekommen, zu Ende zu sprechen, als die Tür knarrte und noch ein »Gebührenfachmann« ins Zimmer trat: ein frecher Narkosearzt, welchen ich als Baptist-Narkosearzt für seine einschmeichelnde Stimme »Schleicher« getauft habe.

Aber zuerst möchte ich etwas klar machen:

Die vierte Kranke in unserem Krankenzimmer war Larisa Iwanowna, eine Ex-Kardiologin, die über fünfundzwanzig Jahre im Swerdlow-Krankenhaus tätig war und solche Kranken, wie Mrawinskij, Kirill Lawrow, Tolubejew, Sentschina und viele andere bekannte Schauspieler und berühmte Menschen Russlands behandelte. Das ist eine sehr nette intelligente Frau, und es ist sehr schade, dass ich mit ihr nur einen Tag bekannt war – sie wurde aus dem Krankenhaus entlassen. Aber vor der Entlassung warnte sie mich:

»Irina! Wenn dich der Narkosearzt besucht und dir irgendwelche Märchen über die Narkose erzählt, glaube ihm nicht, weil alles, was er über die billigen und preiswerten Betäubungen erzählt, nicht wahr ist. Im Krankenhaus kommt alles immer aus demselben Eimer. Der Arzt führt alle diese Gespräche, um das Geld von den Kranken zu erpressen. Er hat von mir übrigens erfahren, dass ich seine Kollegin bin, und hat gar nichts von mir verlangt. Alle anderen Kranken bezahlen für eine Betäubung ohne Scheck, beliebige Quittungen und Verträge im Voraus. Und du hast schließlich keine Ahnung, was für ein Betäubungsmittel dir eingespritzt wurde. So ist es!«

Als dieser Baptist-Narkosearzt vorsichtig auf dem Rand meines Betts saß und mir seine Vertraulichkeit aufdrängte: mit wem ich wohne, wo ich wohne und auf welche Kosten ich lebe. Ich weiß nicht, was in mich gefahren ist: Aller Wahrscheinlichkeit nach, beeinflussten mich die Ereignisse der vorigen Tage und alles, was im Krankenhaus passierte. Und so sagte ich zu dem Arzt:

»Sprechen wir Klartext.«

»Wie Sie wollen!« Als ob nichts geschehen wäre, antwortete er mir. Und unser weiteres Gespräch war kein Gespräch zwischen Patient und Arzt, sondern es glich einer gemeinen Feilscherei von zwei Markthändlern:

»Bei uns im Krankenhaus gibt es zwei Narkosearten. Eine ist billig, aber schlecht. Die andere ist gut, aber teuer.«

»Was kostet es?«

»Fünfhundert und tausendsiebenhundert Rubel.«

»Gibt es etwas Besseres? Ich kann mehr bezahlen.«

»Leider nicht, wir haben nur zwei.«

»Na gut! Dann bezahle ich tausendsiebenhundert Rubel, aber nach der Operation: Fühle ich mich gut, bezahle ich tausendsiebenhundert Rubel, fühle ich mich nicht wohl, bezahle keinen Pfennig. Und ich möchte Sie warnen, dass ich sehr empfindlich bin, und Quincke-Ödem, Koma, Toxikose und so weiter sind für mich typisch. Vielleicht, finden Sie für mich eine schonende Narkose und ich bezahle Ihnen viel mehr …«

»Ich bezahle viel mehr!« – Das klingt gewiss sehr komisch von einem Kranken, der in einem elenden Bett im Vierbettzimmer liegt und riecht wie alle andere, die hier stinken.

Der Narkosearzt glaubte mir natürlich nicht und spritzte mir eine Narkose, von der ich mehr als einen Tag und eine Nacht krank war. Ehrlich gesagt, spritzte er die einzige Narkose, die es überhaupt in dem Krankenhaus gab. Allen Kranken wurden sie gespritzt und alle litten sehr stark darunter. Die Folge dieser Narkose war eine Mischung von Säuferwahnsinn und Halluzinationen. Es stellte sich Folgendes heraus:

Meine allerliebste Lucie wurde innerhalb von zwei Tagen durch irgendwelche Außerirdischen besucht. Larisa Iwanowna – die Kardiologin – litt an starkem Erbrechen und zwischendurch lief sie in ihrem Bett herum und fing irgendwelche Spione. Inessa spielte anscheinend auf der Bühne ihre Rolle, weil sie die endlosen Monologe aus der Klassik vorlas, aber wie!

Und was ist mit mir passiert? Das braucht eine einzelne Darstellung und ich sage im Voraus: Als ich zum zweiten Mal operiert wurde, bat ich die Stationsleiterin vorsichtig, meine Narkose persönlich zu überprüfen. Sie beantworte mir ganz ruhig:

»Überprüfen?! Wir haben im Krankenhaus für alle eine einzige Narkose!« Nein so was! Alle Achtung! Da haben wir die Bescherung!

In diesem Kapitel mache ich in Bezug auf deutsche Krankenhäuser einen Strich. Da kaufte ich für die Operation in der Apotheke keine Arzneien, bezahlte keine zwei Euro fünfzig an eine besoffene Krankenpflegerin pro Schieber. Der Chirurg hatte keine unvorhergesehen Kosten. Und solche moralischen Eigenschaften wie Plünderung, Erpressung, Raffgier und Schmiergeld fehlen überhaupt bei den deutschen Ärzten in Sulzbach. Weil sie ihren Arbeitsplatz sehr hoch schätzen und Angst haben, diesen zu verlieren. Und es tut mir sehr leid, dass unsere russischen Ärzte seit einiger Zeit keine Angst haben, und deshalb haben sie keine Ahnung von Sittlichkeit, Ethik, Ästhetik und kranken Menschen.

Eine kurze Erholung des braven Soldat Schwejk

Aber seien wir nicht voreilig und kommen zur Operationsvorbereitung zurück.

Am zweiten Tag konnte ich von dem starren Liegen, von dem meine Kräfte und mein Geduld bereits nachgelassen hatten, überhaupt nicht überlegen. Ich hatte plötzlich ein großes Glück.

Etwa um zehn Uhr morgens stürmte die Oberschwester wie ein Wirbelwind in unser Krankenzimmer. Und als ob nichts geschehen wäre, knotete sie meine Augenbinde auf.

»Sie müssen dringend im Erdgeschoss in die Abteilung für wirtschaftliche Rechnungsführung, um eine Krankenpflegerin, wie es sich gehört, gemäß dem Vertrag zu beauftragen. Und danach können Sie wieder zurückkehren.«

»Nadeshda Wasiljewna, was sagen Sie da? Was für einen Erdgeschoss? Und was für einen Vertrag, wenn Irina schon den zweiten Tag mit verbundenen Augen starr liegt. Sie wird doch bald operiert!« – Irgendeine meiner Zimmergenossinnen ist für mich eingetreten.

»Ich weiß, Mädchen. Ich weiß alles, aber was soll ich machen. Das ist ein Befehl der Stationsleiterin.«

»Aber ihre Netzhaut ist kaputt!«, verteidigten mich die anderen weiter.

»Na hoffen wir, dass nichts passiert: Gott bewahre!«

Ich weiß nicht so genau: Entweder meine Krankenpflegerin, die wieder gesoffen hatte, oder die Leiterin hat ihr Einkommen abgerechnet und die andere beneidet, aber ich musste persönlich aufstehen und ins Erdgeschoss hinuntergehen.

»Irina, gehe nicht zu Fuß und fahre mit Aufzug!«, warnte mich Nadeshda Wasiljewna sorgfältig mahnte noch einmal:

»Vergiss deinen Kopf nicht. Halte ihn immer gerade! Als ob du einen Wasserkrug trägst.«

Wasserkrug? Ich trug doch auf meinen Kopf eine ganze Badewanne voll mit Wasser. Ich hatte zwei Tage nicht gegessen und getrunken. Ich hatte einen Kopfschwindel, meine Beine zitterten. Ich kroch bis zum Erdgeschoss und schwitzte wie in der Sauna. Und ich saß noch cirka eine Stunde in der Schlange, aber leider vergeblich, da es in der Abteilung für wirtschaftliche Rechnungsführung eigene Begriffe und Gesetze gibt, die den Begriffen der Leiterin meiner Station nicht entsprachen.

»Bitte stellen Sie eine Krankenpflegerin gemäß einem Vertrag ein.«

»Wen? Wen?«

»Eine Krankenwärterin.«

»Wozu brauchen Sie diese?«

»Was heißt wozu? Für meinen persönlichen Bedarf.«

»Weib! Machen Sie mir keinen Wirbel! Wir stellen die Krankenwärterin zusammen mit der wirtschaftlichen Rechnungsoperation. Sie sind eine Fremde, oder?«

»Nein, ich bin von hier.«

»Wenn Sie von hier sind, gehen Sie in ihr Krankenzimmer zurück und sagen Sie Ihrer Stationsleiterin, dass die Krankenpflegerinnen nicht getrennt von den Operationen eingestellt werden. Und sie muss sich diese Torheit aus dem Sinn schlagen. Sagen Sie ihr das!«

Ich kam nicht dazu, mein Krankenzimmer zu erreichen, als ich bereits von allen gesucht wurde.

»Irina, wo steckst du? Lege dich schnell ins Bett. Du wirst statt einer Alten mit hohem Blutdruck früher operiert!« – Meine Zimmergenossinnen teilten mir im Chor die überraschende Neuigkeit mit. Ich stützte mich auf meinem Bett ab, da lief eine junge Krankenschwester hinein und begann, hastig meine Beine zu verbinden:

»Ich habe schon tausendmal in der Apotheke gesagt, die Binden in verschiedener Länge nicht zu verkaufen, dass geht nicht!« – Die Krankenschwester war aufrichtig empört, und ich schaute ungewollt auf meine

Beine. Und danach lachte ich aufrichtig, und dann lachte die Krankenschwester Julia und später das ganze Krankenzimmer.

Mein linkes Bein war fachgerecht fast bis zum Oberschenkel verbunden und mein rechtes Bein nur bis zum Knie. Und ich war dem Haupthelden aus einem alten Lustfilm über die Abenteuer vom braven Soldat Schwejk im Lazarett erstaunlich ähnlich.

Wie sich herausstellte, wurde eine Binde für Beine und eine andere für Hände verschrieben. Wer weiß, vielleicht, waren die Mitarbeiter in dieser Apotheke unaufmerksam und vielleicht ist das ein so genannter Lohnzuschlag, sagen wir, für kostenlosen Kuchen und Kaffee täglich. Wieso nicht?!

Ich gehe auf keine Einzelheiten ein. Das war nur ein geringfügiges Detail, ein harmloser Streich im Hintergrund des globalen Unfugs im Krankenhaus.

Vor allem habe ich vor der Operation aus ganzer Seele gelacht, und das ist sehr gut. Das ist gesund und die Hoffnung stirbt bekanntlich zuletzt.

Es wurde noch lustiger. An den verbundenen Beinen hatte ich die hellblauen Medizinstiefel an, auf dem Kopf saß eine Mütze gleicher Farbe und um meinen nackten Hintern legte man die Pampers, derer Bestimmung ich erst nach der Operation begriff. Aber ich war leider dem von irgendjemandem gequetschten und frierenden elenden Soldaten Schwejk ähnlich, der bald operiert werden soll dabei nur an eins denkt:

»Es wäre vielleicht wirklich besser, auf alle Verbote der russischen Ärzte zu pfeifen und mit einer Maschine nach Deutschland zu fliegen.«

Übrigens – über Deutschland.

Vor der ersten Operation ist eine junge Krankenschwester mit Maßband in der Hand zu mir ins Krankenzimmer gekommen. Und ich begriff nicht, was sie vorhatte. Sie händigte mir nach dem Abmessen meines Knöchels und meiner Beinlänge schneeweiße elastische Strümpfe in entsprechender Größe aus. Und ich war weder im Krankenzimmer, noch in Gefangenschaft, noch auf Urlaub und schon gar kein braver Soldat

Schwejk. Ich war eine echte Thumberlina, nur meine traurigen kummervollen Augen und die verrätischen Gesichtsfalten verrieten mein Alter und meine Abstammung.

Die strenge Folge

Eine strenge Folge nach der Narkose und Operation klang wie ein Wunder ... Pampers.

Ins Krankenzimmer kam eine Krankenschwester und informierte mich über eine unangenehme Neuigkeit: Sollte ich innerhalb von zwei Stunden die Pampers nicht benutzen, würde ich dazu gezwungen werden, aber auf besondere Art. Wie ein erzwungenes Kinderspiel.

Aber ein bettlägeriger Kranker mit verbundenen Augen spielt nicht gern, weil die Halluzinationen nach der Narkose sein Gehirn und sein Bewusstsein vollkommen beherrschen.

Anlässlich der Zwangsmaßnahmen und der Pampers entwickelt jeder der Kranken ein eigenes Konzept, aber Lucie nahm doch den ersten Platz ein:

»Mädchen, sie verstehen gar nichts! Es ist alles ganz einfach: Es gibt zu wenig Ärzte, niemand möchte euch pflegen. Die Narkose ist von ganz schlechter Qualität, es könnten sogar eure Nieren versagen. Und eine feuchte Pampers ist der einzige Nachweis, dass eure Nieren nach der Operation funktionieren und du nicht in allernächster Zukunft stirbst. Und deshalb könnt ihr nicht Tag und Nacht gepflegt werden!«

Übrigens wurde ich einen ganzen Tag und eine ganze Nacht von niemanden vom medizinischen Personal besucht: Weder vom Chirurgen, noch vom Narkosearzt, noch von der Krankenschwester. Sogar die immer wieder besoffene Nino begriff gut, dass sie jetzt nichts zu tun hatte. Und pünktlich nach vierundzwanzig Stunden durfte ich ins Leben zurückkommen. Nein, nein, ich wurde nicht wie andere Kranken von Spionen und Banditen verfolgt. Und ich las im Bett keine Monologe.

Ich hatte weder Halluzinationen, noch Alpträume oder Wohlbefinden. Mir war noch nicht einmal übel. Aber mein Zustand war entsetzlich. Ich lebte nicht mehr lebte wirklich, sondern war bereits unterwegs ins Jenseits – irgendwo in der Mitte zwischen dem Koma und Tod.

Ich lag einfach still in meinem Bett, nahm an keinen Streits, Gesprächen und Unterhaltungen teil. Und nur selten bat ich meine Zimmergenossinnen:

»Bitte bringt mich in den Gang hinaus, es scheint, dass ich sterbe.«

Sie riefen jedes Mal erschrocken die Krankenschwester. Aber sie blieb auf ihrer Arbeitsstelle und antwortete ruhig:

»Bei uns stirb doch niemand an einer Narkose!«

Und sie hatte recht – ich blieb nach der ersten, der zweiten und dritten Operation am Leben. Aber die Angst vor dem fürchterlichen Koma und der gruseligen Betäubung begleiten seither.

Außerdem blieb die Angst vor Dunkelheit und der ewigen schwarzen Nacht. Aber diese Angst kam nach all den Foltern erst später hinzu. Sie kam, als ich nach der Operation nur langsam wieder zu mir kam und begann zu leben, als ich das richtige Borshomi und schwarzen englischen Tee schmeckte …

Von dem langen bewegungslosen Liegen mit verbundenen Beinen und Augen verhielt sich mein Körper nicht ganz normal.

Zuerst schien mir, dass ich auf irgendeiner Couch liege und meine Beine hingen zum Fußboden herab. Dann verschwanden sie völlig. Ich konnte mich nicht mehr orientieren. Und nur durch das Abtasten mit meinen Händen begriff ich, dass mein Körper immer noch wie ein Klotz im Bett lag.

Eine ewige schwarze Nacht und die Angst vor Kraftlosigkeit und Schwäche verfolgten mich noch einige Tage.

Die ernsten Folgen der Betäubung, Halluzinationen und Angst, Schwäche und Kraftlosigkeit liegen nun in meiner Vergangenheit und in Russland.

In Deutschland saß ich vier Stunden nach einer schweren Operation im Erdgeschoss des Krankenhauses in einem Lokal, wo ich ein Stück feiner Erdbeertorte mit Schlagsahne hinunterschlang. Wieso auch nicht? Warum sollte ich mich nach so viel Aufregungen und Erlebnissen nicht lieben und verwöhnen?

Schmerzschock

Die ernsthaften Folgen der Betäubung sind endlich vorbei, die Beinbinden sind weg und die Augen sind von der Binde befreit.

Ich liege im Bett und freue mich über das Leben. Und es ist unwichtig, dass mein Auge jetzt praktisch nichts sieht und dass es einer reifen Birne ähnlich ist. Es ist wichtig, dass ich mit diesem Auge einen schmalen Lichtstreifen im Fenster sehe. Und dieser schmale Lichtstreifen ist meine Rettung und meine Hoffnung auf Genesung.

Und was für ein Glück, dass ich selbstständig zur Toilette oder bis zum Waschbecken gehen, essen oder spazieren gehen kann. Vor allem darf ich dabei nicht eilen und überall, wo ich bin, darf ich nicht vergessen, dass ich einen »Wasserkrug« auf dem Kopf trage.

Gewiss, es ist schwierig, immer daran zu denken, aber dieser »Edelkrug« ist meine einzige Gewähr für eine sorglose Zukunft. Und für diese sorglose Zukunft muss ich immer an diesen Krug denken und lernen mit ihm zu leben.

Ich stellte mich, gerade im Bett liegend, auf diese Verantwortung ein, als die ins Zimmer gekommene Krankenschwester mir eine Neuigkeit mitteilte.

»Patientin Nagel! Sie haben heute um vierzehn Uhr einen Laser.«

In unserem Krankenhaus gilt das Lasern als eine nützliche und notwendige Therapie. Und für diese Therapie wird man ein Jahr im Voraus angemeldet. Und nur einige Glückspilze werden gleich nach der Operation auf diese Weise behandelt, unter denen war ich, wie sonderbar es auch scheinen mag.

»Wieso bekommt sie einen Laser und wir keinen?« – Die anderen Kranken waren empört und beneideten mich aufrichtig.

Konnten sie damals wissen, worum sie mich beneideten?

Das war keine Laser-Therapie, das war eine Schmerztherapie, ein einzigartiger Elektroschock für einen psychisch kranken Menschen.

Ich saß im Gang und wartete auf den Laser. Bis hierher hierher hatten zwei Krankenschwestern eine arme Kranke geführt. Ansonsten kann man über diese nicht mehr sagen.

Die Frau machte eine Szene und schluchzte laut, konnte sich lange Zeit nicht beruhigen. Wie sich herausstellte, lag sie wie ein Klotz drei Tage lang im Bett, aber all ihr Leiden war vergeblich. Sie saß vor einem Lasergerät auf dem Stuhl, und ihre Netzhaut ging sofort kaputt.

Und das hieß nur eins: Sie musste wieder drei Tage im Bett mit verbundenen Augen kraftlos und schwach liegen. Danach würde es keine Laser-Therapie geben, aber wieder eine Operation, die es zu überleben galt, nach welcher ich jetzt zu mir gekommen bin.

Ein schlanker, hübscher junger Mann, hoch von Wuchs, nicht älter als fünfunddreißig Jahre, begegnete mir zuerst ganz freundlich. Danach wechselte sein hübsches Lächeln zu einer sehr merkwürdigen Nervosität und Reizbarkeit, als er mich abschätzend betrachtete.

Anscheinend traute er meinem Aussehen nicht: ein bescheidener Schlafrock, die bescheidenen Hausschuhe und sehr bescheidenes Auftreten. Obendrein knüpfte ich, bevor ich mich vor den Laser setzte, wer weiß wozu, ein dummes Gespräch an.

»Herr Doktor! Was kostet diese Therapie?«

»Für Sie persönlich ist sie kostenlos, weil Sie eine Patientin in unserem Krankenhaus sind. Aber wenn Sie wollen, können mich beschenken.«

»Gewiss, gewiss, ich will. Aber wie viel?«

»Wie viel?«, wunderte sich der Arzt. »Jeder schenkt so viel er kann.«

»Nein, Herr Doktor! Ich verstehe, dass es eine dumme Frage ist. Aber ich frage nur danach, weil meine Geldmittel und meine Möglichkeiten sehr beschränkt sind. Und ehrlich gesagt, habe ich im Krankenhaus schon so viel bezahlt.«

»Kranke! Das sind doch Ihre Probleme und Sie wissen besser, wie viel Geld Sie in Ihrem Portemonnaie haben.«

»Aber man kann hundert Rubel oder tausend Rubel bezahlen. Hundert Rubel würden Sie übel nehmen und tausend Rubel habe ich nicht. Nennen Sie mir bitte eine durchschnittliche Summe, einen durchschnittlichen Tarif.«

»Einen durchschnittlichen Tarif?! Was soll das? Ich verstehe das nicht!«

»Na, beispielsweise, eine Krankenpflegerin kassiert für einen ganzen Tag tausend Rubel.«

»Bin ich einer Krankenpflegerin gleich?«, fragte der Arzt sehr böse.

»Nein, nein, aber nein! Ich möchte Sie nicht beleidigen. Um Gottes willen, ich bitte um Entschuldigung für mein dummes Gerede: Ich habe schon verstanden.«

» Wenn Sie alles verstanden haben, dann können wir beginnen, wir haben keine Zeit.«

»Herr Doktor, ist es schmerzhaft?«

»Gewiss, es ist schmerzhaft. Ihr Auge ist frisch operiert. Aber Sie, meine Liebe, brauchen viel Geduld.

»Kann ich eine Betäubung haben? Oder eine Spritze?«

»Ich gebe keine Spritze, aber einige Augentropfen sind kein Problem.«

Ich saß dem Arzt gegenüber auf einem Stuhl und hatte keine Ahnung, was kommen würde.

Am Anfang der Foltern fühlte ich nur einen matten Schmerz, den ich wirklich dulden konnte. Und danach? Wurde aus dem matten Schmerz ein akuter Schmerz, der nicht nur durch mein Auge drang, sondern auch durch den ganzen Kopf. Ich konnte nicht mehr still sitzen. Ich bat den Arzt inständig, mir noch ein Paar Tropfen zu geben.

Da unterbrach mich der Arzt grob.

»Kranke! Wieso sind Sie so nervös und stören mich bei der Arbeit! Ich habe Sie doch gewarnt.«

Ich schämte mich und klammerte mich an die Spezialgriffe des Geräts und zwang mich, still zu sitzen und nicht zu flennen. Aber ein glitzerndes Licht und ein unerträglicher Schmerz wechselten einander ab, dann ein neuer Laserstrahl – dieser Wahnsinn war endlos …

Ich weiß nicht, wann es zu Ende war, aber ich war plötzlich schlapp, mir wurde weich in den Knien und ich konnte nur sagen:

»Herr Doktor! Mir ist schlecht!!!«

Ich kann mich nicht erinnern, was weiter passierte.

Ich kam erst im Gang auf der Couch wieder zu mir. Das Erste, was ich sah, war das erschrockene Gesicht der Krankenschwester, die einen mit Salmiak getränkten Wattetampon in ihrer Hand hielt.

»Kranke! Können Sie bis zum Krankenzimmer selbstständig gehen oder muss ich Sie begleiten?«, erkundigte sie sich bei mir.

Ich sagte kein Wort, aber ich erinnerte mich aus unbestimmten Gründen an meine Krankenpflegerin Nino und ihre Worte, die sie mir zum Abschied gesagt hatte:

»Wenn du nach dem Laser irgendwelche Probleme hast, ist mir das mitzuteilen. ich hole dich ab.«

Nino hatte es gewusst. Schließlich war ich nicht das erste und nicht das letzte Opfer, das auf der Couch lag. Und vielleicht bin ich an allem selbst schuld und hätte das Schmiergeld sofort bezahlen müssen.

»Bitte rufen Sie die Putzfrau Nino aus dem ersten Stockwerk«, bat ich eine junge Krankenschwester und fragte gleich darauf:

»Und mit dem Lasern ist bei mir alles OK?«

»Weib! Sie haben die Laser-Therapie morgen!«

»Das ist ja furchtbar! Also wiederholt sich morgen alles noch einmal!« Mein Kopf fühlte sich an wie nach einem Wirbelsturm und ich musste dringend zum Arzt, um meine Lage zu verbessern.

In Erwartung von Nino stand ich ganz langsam von der Couch auf und ging genauso langsam ins Arztzimmer. Meine Beine waren wie aus Watte, in den Ohren war nur Sausen und ich saß verschwitzt und unglücklich auf einem Stuhlrand und begann schüchtern mich zu rechtfertigen:

»Herr Doktor! Bitte Entschuldigen Sie! Nehmen Sie bitte Geld, ekeln Sie sich nicht, weil ich gerade jetzt gar nichts sehe!«

Nach diesen Worten legte ich mein Portemonnaie vom Hals ab und händigte es dem Arzt aus:

»Oh, sehr schön!«, bemerkte der Arzt und betrachtete das hochrote, an einem langen Bindfaden hängende, Portemonnaie mit türkischer Flagge in der Mitte: Halbmond und Stern, aus weißen glänzenden Glasperlen gestickt.

»Wie viel Geld kann ich nehmen?« – Ohne Verlegenheit fragte der junge Arzt und kramte unverschämt in meinem Portemonnaie.

»Sie können alles nehmen, aber morgen vergessen Sie mich nicht, bitte, in Ordnung?!«

»Na, was denken Sie sich?! Was denken Sie sich?! Wie kann man ein solches Portemonnaie und eine solche Frau vergessen?!«

Ich zog eine elende Grimasse von einem Lächeln und wir nahmen Abschied. Im Gang traf ich meine liebe Krankenpflegerin Nino, die eine warme Jacke in ihrer Hand hatte. Was für ein Glück war es doch, dass ich Nino hatte!

Sie warf sorgsam die warme Jacke über mich, hakte sich bei mir vorsichtig unter und wir gingen ganz langsam einen ganz langen Gang entlang.

Im Krankenzimmer legte ich mich ohne Worte ins Bett. Ich war natürlich körperlich und moralisch zu kraftlos, um mit jemandem zu sprechen.

»Irina! Schlaf gut. Und in einer Stunde bringe ich dir einen guten Tee!«, sagte Nino fürsorglich und befal den anderen sehr streng:

»Und ihr Elstern schwatzt nicht so viel! Lasst sie in Ruhe. Seht ihr nicht, dass sie sehr müde ist?«

Ich weiß nicht, wie lange ich geschlafen habe und ob ich überhaupt schlief, aber ich trank zuerst eine Tasse aromatischen starken Tee und danach erzählte ich in allen Details und Farben meinen Mädchen von den Laser-Foltern und dem Laser-Schock.

»Irina! Wir haben das alles ganz gut verstanden. Als Nino dich ins Krankenzimmer brachte, lagen auf deinem Gesicht so eine Angst und so ein Schmerz. Übrigens, um wie viel hat der Freibeuter dich geschröpft?«

»Ich habe ihm mein ganzes Geld abgegeben. Genauer gesagt, das ganze Portemonnaie.«

»Warum das denn? Warum das denn? Bist du nach dem Laser verrückt geworden, Irina?«

»Nein. Ich konnte einfach nichts sehen, alles hat geglänzt und geschimmert.«

»Und wie viel Geld hattest du? Um wie viel Geld hat der Arzt dich geschröpft?«

»Ich hatte cirka fünftausend Rubel. Und wie viel er genommen hat, weiß ich nicht, aber ich erlaubte ihm, mein ganzes Geld mitzunehmen.«

»Na, Irina, du bist gut!«

»Mädchen, ein Vergnügen muss bezahlt werden!!!«

»Besonders dein Spaß! Du bist nach deinem Spaß vollkommen verzerrt. Hahaha!« Aus ganzer Seele wurde im ganzen Krankenzimmer gelacht, und die Kranken fragten:

»Schau mal, vielleicht, hast du noch ein bisschen Geld.«

Ich legte mein Portemonnaie vom Hals ab, öffnete es und wunderte mich sehr:

»Nein, so was. Es ist ganz leer. Er hat sogar alle Zehnrubelscheine genommen, die meine Tochter für die Telefonate gewechselt hat.«

»Hat er die Zehnrubelscheine genommen?!«

»Er ist ein richtiger Freibeuter!«

»Was für einen Schwein!«

»Was ist los?! Was ist in Russland los?! Früher wurde soviel geschröpft, wie nötig war, und jetzt so viel, wie man will …« – Im Krankenzimmer tönte es im Chor, und ich kann mich nicht erinnern, wer von uns das strenge Urteil fällte:

»Solche Ärzte sind ohne Verhandlung und Untersuchung an die Wand zu stellen und zu erschießen!«

Sulzbach! Der Arzt nimmt dem blinden Kranken das Portemonnaie ab, kramt darin herum, nimmt die nötigen Geldscheine mit – einen solchen erniedrigenden Verfall ärztlicher Sitten kannst du in keinen deutschen

Kino sehen. Genauso erlebt man es nicht, dass der Patient vom Schmerz-schock im Krankenhaus Sulzbach bewusstlos wird.

Natürlich heißt das nicht, dass die Patienten in den deutschen Kran-kenhäusern nicht an Schmerzen leiden. Sie leiden auch!

Ich hatte persönlich nach der zweiten Operation, als Silikon in mein Auge gespritzt wurde, einen wilden unerträglichen Kopfschmerz, so dass die wirksamen Analgetika meinen Schmerz nur für einige Stunden still-ten.

Wie sonderbar es auch scheinen mag, aber das beste Analgetikum wurde für mich damals eine sportliche Wollmütze, mit einem närrischen hochroten Pompon, die ich einmal in der Nacht auf meinen Kopf auf-gesetzt habe, weil mein Gehirn und meine Ohren froren, obwohl es im Krankenzimmer ganz warm war.

Nachdem ich die närrische Mütze einmal aufgesetzt hatte, konnte ich mich weder in der nächsten Nacht und einen Monat später schon gar nicht mehr trennen, weil mir mit ihr wie nie in meinem Leben warm und bequem war.

Übrigens nahm das medizinische Personal der Klinik Sulzbach meine originelle Aufmachung ganz ruhig hin, so als sei meine Mütze ein ver-bindlicher Teil des Schlaf- oder Sportanzugs.

Einmal ließ mich der Schmerz einen Monat Tag und Nacht ohne Ruhe. Mit diesem Schmerz wurde ich wach und mit diesem Schmerz schlief ich ein.

Er wollte aus mir unbekannten Gründen keinen Abschied von mir nehmen und erschöpfte mich vollkommen und machte mich wahnsin-nig …

Das Licht machte mich auch wahnsinnig. Bei Licht war etwas Unglaub-liches los: ein starker Schmerz und Tränenfluss wechselten sich ab, und ich dachte, dass dieser Wahnsinn ohne Ende sei!

Gerade im Winter hasste ich die Sonne aus tiefster Seele, das Licht und den Schnee und so habe ich über die Monate neue Freunde gefunden. Diese Freunde waren die Vorhänge, die Dunkelheit, die Wolken, der Regen, das Matschwetter und die Sonnenbrille mit dunklem Filter, von welcher ich mich nur für die Nacht trennte.

Deshalb wurde ich im Kreis meiner Freunde und Bekannten als eine russische KGB-Agentin bezeichnet und »Agentin 007« genannt.

Als ich ganz gesund war, ging ich wie ein hageres Pferd durch das Leben, konnte und wollte die armen Menschen nicht verstehen, die einen Selbstmord begehen. Ich konnte ihre Lage erst als müde, abgequälte Patientin verstehen. Ich verstand sie wie kein anderer.

»Sind dieser wilde Kopfschmerz und dieses fürchterliche Blendlicht bis Neujahr nicht zu Ende, begehe ich Selbstmord!«

Ehrlich gesagt, kann ich jetzt nicht mehr genau sagen, ob ich damals vor dem Neujahrfest einen Selbstmord hätte begehen können, denn der starke Kopfschmerz verließ mich durch eine Fügung des Schicksals und Gottes und ließ mich in einem gedämpften Zustand zurück, in dem man leben, arbeiten, vertrauen, hoffen, lieben und … träumen kann. Ich träumte, meine kalte Heimatstadt Sankt Petersburg zu besuchen, in der es so oft regnet und nebelig ist, in der die Sonne so wenig scheint, aber in meiner Seele ist es dort so schön, warm und gemütlich.

Piter! Meine Liebe ist Piter!!! Ich brauche dich jetzt!

Diebstahl am Montag

»Wieso passiert es gerade am Montag?«, fragt der Leser. Weil am Montag meistens alle alten Kranken entlassen und die neuen Patienten eingeliefert werden.

Irgendwer hat ganz gut begriffen, dass gerade an diesen Tag unter dem Gelärm und dem Wirrwarr, die schmutzigen Angelegenheiten vollbracht werden können.

Wer ist wirklich verantwortlich, wenn ein Bett zwei Patienten gehört. Ein Patient ist nicht mehr krank, und der andere ist noch kein Patient.

Ein Mensch sammelt nervös alle zur Entlassung notwendigen Papiere, und andere Kranke bereitet man zur Operation vor.

Die Sachen, Säcke, Ballen und Bündel liegen auf den Betten und Nachttischen in Haufen und kein Teufel wird daraus klug, was wem gehört. Alle Türen sind offen und Trauben von Verwandten sind da, die einen Kranken abholen und ihm helfen, seine Siebensachen, Decken, Matratzen und Kissen mitzunehmen. Unterdessen tragen andere bereits ihre Koffer herein. Und niemand wartet bis der andere fertig ist, niemand lässt jemanden rücksichtsvoll vor. Weil alle Angst haben: Ein Kranker hat Angst, dass er nicht rechtzeitig entlassen wird, und ein anderer, dass er nicht rechtzeitig angemeldet wird.

In diesem Wirrwarr eines »Zigeunerlagers« greift man mit seiner Hand in das eine oder das andere Krankenzimmer, in den einen oder den anderen Nachttisch.

Irgendwer greift bis zum Ellenbogen hinein und stiehlt alles.

Montags wird keine Marmeladendose oder Salzkonserve, kein verblichenes Tuch oder keine zerlumpte Unterhose verschwinden. Solche kleine Diebstähle begeht man jeden Tag im Laufe der Woche. Der Montag ist ein schwerer Tag – da werden Handys, Radiogeräte, elektrische Teekessel, Armbanduhren, Lederjacken, Wildlederstiefel, Portemonnaies und Geld gestohlen.

Bei meinen drei Operationen in Sankt Petersburg folgte viel Montag aufeinander, und ich bin mit vielen Opfern persönlich bekannt.

Einmal luden zwei naive Dummköpfe aus lauter Freude, dass sie endlich aus dem Krankenhaus entlassen wurden, ihre Handys auf. Und legten diese aus unbestimmten Gründen auf einen Nachttisch. Dann sammelten sie die notwendigen Papiere. Als sie zurückkamen, konnten sie sich an ihre Handys nur noch erinnern.

Eine launische, ziemlich wohlhabende Dame nahm in dieser Angelegenheit den ersten Platz ein. Weil sie ihren preiswerten Rolllederkoffer mit allen Klamotten in Erwartung ihrer Tochter und ihres Autos zur Tür des Krankenzimmers gerollt hatte.

Die Tochter war irgendwo im Stau steckengeblieben. Die Dame nervte sehr und lief regelmäßig nach draußen zum Rauchen und um ihrem einzigen Kind per Handy wertvolle Ratschläge zu geben, durch welche Straßen sie besser fahren solle. Sie plauderte und bemerkte nicht, wie ihr Koffer unauffällig hinausgerollt wurde.

Auch an mir gingen die Diebe nicht vorbei. Aber das war aber ehrlich gesagt ein ganz kleiner, fast winziger Diebstahl. Vor dem Hintergrund eines aus dem Krankenzimmer herausgerollten Koffers sah mein Verlust sehr komisch und alltäglich aus, weil mir nur eine sattgelbe Tasse für Säuglinge gestohlen wurde. Sie sah wie ein Entchen aus und hatte einen Schnabel, um bequemer zu trinken. Meine Tochter hatte mir vor der Operation dieses komische Entchen geschenkt, aber es blieb nur einige Stunden auf meinem Nachttisch stehen. Es ist sehr schade, dass ich es nicht ausprobieren konnte.

Ganz anders ist es in Deutschland: Die Wertsachen werden im Tresor gelagert, und du kannst dich in Ruhe behandeln lassen! Der Besitz eines Kranken, wie Koffer, Stiefel und Jacken verschwanden noch nie während meines Aufenthalts in der Klinik Sulzbach. Es ist unglaublich komisch und dumm zu sagen, dass irgendein Deutscher heimlich unter der Decke aus meinem Marmeladenglas essen kann.

Die gelöschten Daten und die faulen Lebensmittel

Ich vergesse meinen Lebtag lang den Inhalt eines Dokumentationsfilms über Tschernobyl nicht.

Einige Freibeuter gingen in der Verbotszone durch die Siedlungen, sammelten in den verwaisten Häusern die Lebensmittel und verkauften sie auf den Märkten und Basaren weiter. Die ganze Sowjetunion war empört: »Wie kann man so etwas machen?«, Schämen sie sich nicht?«, »Für solche Taten ...« Das war damals, als es noch keine Massenarbeitslosigkeit gab und alle Menschen mehr oder weniger gleich und in stabilen Verhältnissen lebten.

Heute verliert doch ein einfacher normaler Einwohner im fieberhaften und schwerkranken Russland vor dem Hintergrund der frisch gebackenen Mißgeburtsmillionären seinen Verstand und lebt gemäß dem Gesetzt der Gleichgültigkeit.

Da wurde in der russischen Gesellschaft eine Sittlichkeit bis zu einem solchen Grad so schnell zerstört, dass der Arzt ohne Umstände den bettlägerigen Kranken schröpfen kann. Der Verkäufer kann ohne Verlegenheit faule Ware verkaufen. Die Krankenschwester kann in Hospizen anstatt einer Anästhesie kaltblütig Wasser in den Hintern eines Kranken spritzen. Irgendein Raufbold kann aus Langeweile mit einem Gummiknüppel auf deinen Kopf schlagen. Der Obdachlose kann aus dem großen Wunsch sich zu besaufen einer achtzigjährigen Greisin die Rente stehlen, und einer idiotische Schüler kann zur Erheiterung oder zum Scherz den armen Bettler in der U-Bahn bestehlen.

Solche oder ähnliche Beispiele könnten endlos aufgezählt werden, aber sie werden alle zusammen mit einem Begriff – Verfall der Sitten – benannt.

Wir sind gewöhnt zu sagen, dass der Mensch erst in einer dritten Generation intelligent wird. Aber im Zusammenhang mit den sittlich-ethischen Eigenschaften braucht man mehr Zeit, meiner Meinung nach.

Und jetzt? Um in einer Augenklinik nicht an irgendwelchen Salmonellen vorzeitig zu sterben, braucht man ein unansehnliches Schaufester in die Lokale und die Speisen mit einem faulen Fleisch- oder Fischstück, die Salate, belegten Schnitten mit vertrocknetem Käse, die altbackenen Kuchen und die uralten Torten aufmerksam zu verfolgen.

Und die Daten auf den verkauften Lebensmitteln sind auch aufmerksam zu verfolgen. Obwohl diese Daten keine frischen Lebensmittel gewährleisten, weil die alten Abpackdaten manchmal gelöscht und neue aufgestempelt werden.

Vor drei oder vier Jahren wurde gegen die Medizinstudenten des ersten Medizininstituts Sankt Petersburg vor Gericht verhandelt. Sie hatten mit großer Hingabe in ihrer Freizeit in ihren weißen Kitteln in einem der vermieteten Institutskeller die Abfülldaten auf den Fleischdosen geschickt erneut gestempelt.

Ich verstehe ganz gut, dass sie wegen ihrer ärmlichen Stipendien sehr hungrig waren, aber wieso haben sie dieses Büchsenfleisch nicht selbst gegessen? Wieso haben sie den hypokratischen Eid vergessen? Ich kann das immer noch nicht verstehen. Das ist eine verdrehte Sittlichkeit eines zukünftigen Mediziners in den Räumen der Alma Mater!

Dieses Büchsenfleisch aus dem Erdgeschoß der Klinik wurde Gott sei Dank nicht verkauft! Aber es ist kein Problem, einem Kranken Kefir mit einem abgelaufen Haltbarkeitsdatum zu verkaufen!

So gesehen, um besser zu verdauen und damit sich ein bettlägeriger Kranke auf der Toilette nicht besonders anstrengen muss, funktioniert es. Du stirbst nicht, aber hast du sicher Durchfall.

Ich stand einmal in einer langen Schlange um Kefir zu kaufen. Eine Verkäuferin hat mit Kefir ohne Haltbarkeitsdatum verkauft.

»Mädchen, bitte geben Sie mir einen anderen! Was denken Sie sich?«, bat ich höflich die noch ganz junge Verkäuferin, die eine Miene aufsetzte, als wenn sie nichts verstanden habe. Frech fragte sie zurück:

»Wieso soll ich den Kefir umtauschen?!«

»Weil auf der Packung kein Haltbarkeitsdatum ist!«

»Das macht nichts. Das ist ein Produktionsfehler. Ich bin daran nicht schuld.«

»Sie sind verantwortlich dafür, keine leicht verderblichen Lebensmittel ohne Haltbarkeitsdatum zu verkaufen, besonders keine Milchprodukte!« – Ich sagte es deutlich, wie eine gute Lehrerin, und machte meinen Rücken stolz gerade und achtete mich so hoch wie noch nie in meinem Leben.

Die Verkäuferin betrachtete mich wie einen Volksfeind, aber stritt mit mir nicht mehr. Wie sonderbar es auch scheinen mag, aber die Kranken in der Schlange kamen ihr zur Hilfe:

»Weib, bist du so klug?«

»Du bist doch blind, aber du siehst alles …«

»Was stellst du dich an. Du kaufst doch keine Kuh …« – Alle zusammen machten einen großen Lärm. Und die Verkäuferin brauchte gerade diesen Lärm. Sie fasste sich ein Herz und lief Sturm:

»Wollen Sie damit sagen, dass ich die Haltbarkeitsdaten selbst abends stempele?«

»Hahaha!« – Die Kranken fingen an, wie die jungen Hengste einig zu wiehern, und einer von den Männern machte einen platten Witz:

»Du stempelst am Schalter mit deinem Hintern!«

»Hahaha!« – Die dumme Verkäuferin brach in ein helles Gelächter aus und lachte. Sie erklärte mir zynisch:

»Bitte, Kranke, das ist eine neue Flasche Kefir, auf der sogar blinde Menschen ein Haltbarkeitsdatum sehen können …«

In einem deutschen sehr sauberen Lokal im Krankenhaus gibt es so viele leckere Produkte, dass du alles probierst möchtest.

Ich wurde auch verführt, zog ein Stück feiner Torte mit Erdbeeren und Schlagsahne vor – der Leser weiß schon darüber.

Noch einmal zu den frischen Lebensmitteln: In Russland ist es schon lange Zeit zur Gewohnheit geworden, an beliebigen Speisen, beliebigen

Produkten zu riechen. Egal wo, im Geschäft, auf dem Markt, im Café, im Lokal und sogar im Restaurant.

Und die russischen Menschen haben sich wie guten Jagdhunden beigebracht, die frischen Lebensmittel nach dem ersten Geruch zu unterscheiden.

Und weil wir über das Essen sprechen, wird das nächste Kapitel dem Essen gewidmet.

Haben Sie wirklich in unserer Kantine zu Mittag gegessen?

Mein Chirurg wunderte sich aufrichtig, als er erfuhr, dass ich in der Krankenhaus-Kantine zu Mittag gegessen hatte und … vergiftet wurde. Aber darüber ein bisschen später. Und jetzt? Jetzt antwortete ich:

»Gewiss, ich habe dort gegessen, weil ich manchmal warm essen möchte.«

»Wie kann man so unbesonnen, unbedacht und sogar riskant handeln? Haben Sie nicht begriffen, dass es gesundheitsschädlich ist, in unserer Kantine zu essen? Sie sind doch eine kluge Frau …«

»Hier gibt es mit dem Verstand nichts zu tun. Vor allem brauchst du einen guten Magen, um die Pflastersteine und die verdorbenen Lebensmittel zu verdauen. Aber ich habe darüber ganz vergessen, dass mein launischer Magen auf fast alles reagiert.«

»Jetzt vergessen Sie das nie mehr!«

»Ganz genau. Das vergesse ich nie mehr!«

»Verstehen Sie jetzt, warum ich schon seit drei Jahren das Essen mitnehme? Übrigens, ich bin nicht einzige, niemand unter der Ärzten und Krankenschwestern isst in unserer Kantine.«

»Und die Stationsleiterin?«

»Irina, sind Sie verrückt? Wie könnten Sie denken, dass die Stationsleiterin in dieser Kantine zu Mittag isst?«

»Aber alle eure Kranken essen dort zu Mittag!«

»Entschuldigung, das ist doch Problem der Kranken. Sie sollen für sich selbst sorgen.«

Mit diesem unsinnigen, ungeheuerlichen Satz war unser widersinniges Gespräch über die Küche zu Ende.

Eine Küche? Es gibt auf der Station keine Küche, es gibt nur eine kleine schmutzige Hundehütte, wohin eine freche Blonde mit großem Busen einige alte riesige Alu-Töpfe und genauso riesige Blechkannen holt.

Und dort beschenkt sie mit einem riesigen Schöpflöffel die Kranken, die schon die ganze Zeit auf das Essen wartend in einer endlosen Schlange im Gang stehen.

Verblichene Kleidung, abgetragene Pantoffeln, zerlumpe Socken; die Menschen in der Schlange, die einer Schlange in einem KZ ähnlich ist, halten allerlei Teller, Kannen, Schüssel, Gläser und sogar leere Dosen in ihren Händen.

Wer Hunger hat, soll eine Stunde vor dem Frühstück oder Mittagessen kommen. Und es nervt sehr, weil das Essen nicht immer reicht.

Was die Speisekarte angeht: Das sind hauptsächlich Wasserbreie; ein dünner Brei ohne bestimmten Geruch, Farbe und Geschmack. Manchmal besteht dieser dünne Brei aus einigen Graupenarten, und ich erinnere mich dann an meinen Bernhardiner, Nordwellina de Nesi, weil ich für meine Hündin immer Buchweizen mit Reis und Haferflocken mit Hirsegrütze gemischt habe.

Manchmal gab es Reisbrei mit Milch zu essen. Eine sehr alte Kranke von cirka achtzig Jahren bat die Blond mit dem großen Busen namens Sinka ängstlich:

»Entschuldigen Sie, bitte. Aber ich esse Reisbrei sehr gern, können Sie mir noch mehr geben?«

»Alle sollen nur einen Schöpflöffel bekommen.«

Als ich das hörte, hielt es mich nicht mehr in der langen Schlange. Ich ging zum Ausgabeschalter und befahl:

»Geben Sie dieser Frau so viel Brei, wie viel sie will!« Die freche Sinka biss sich auf die Zunge:

»Ja, gewiss, gewiss!«

Die Buffetteuse schleppte nämlich abends zwei riesige schwere Einkaufstaschen mit gestohlenen Lebensmitteln nach Hause. Deshalb nennen die Kranken sie Sinka – Körbchen.

Sie essen nie solche Lebensmittel wie Käse, Wurst, Quark, Eier.

Übrigens, die Eier: Der Kranke kriegt einmal pro Woche zum Abendessen ein gekochtes Ei. Und der Schlange aus cirka vierzig Menschen nach zu urteilen und nach der großen Aufregung dieser Menschen kann man verstehen, dass es heute zum Abendessen ein einziges Ei gibt.

Die Küchengerüche! Es ist besser, sie nicht zu riechen, weil diese Gerüche einem muffigen Küchenlappen gehören, der bereits lange Zeit schmutzig und fettig ist!

Die Küche in Sulzbach ist »Stolz und Hochachtung der Nation«. Stolz und Hochachtung gelten auch den Kranken und der Klinik. Die Messer, Löffel, Gabel, Servietten – alles wie im Restaurant: Service, Qualität der Lebensmittel und selbst die Speisekarte. Es gibt nichts zu nörgeln, auch nicht wenn man möchte.

Während der letzten Operation war bei mir ein zu niedriger Blutzuckerwert festgestellt worden. In meiner Speisekarte gab es sofort süße Früchte wie Birnen und Weintrauben sowie Pfirsich- und Aprikosenkompott.

Aber die Nachfrage bei jedem Kranken, was er morgen essen will, machte auf mich einen besonders großen Eindruck. Alle Wünsche wurden mittels einer kleinen Taschenrechenmaschine bearbeitet. Alles wurde bis ins Detail besprochen. Zum Beispiel, unter welcher Tunke das Fleisch serviert wird, oder welche Soße oder Beilage zu einer Bulette passt.

Und ich bin mir hundertprozentig sicher, dass es keinem kranken Deutschen eingefallen wäre, vom Morgen bis zum späten Abend in einer langen Schlange zu stehen, um ein einziges gekochtes Ei zu bekommen.

Übrigens, wurde meine Laune in der Klinik Sulzbach während all der Operationen nicht vergessen. Ich brauchte nur einmal zu sagen, dass ich wie alle Russen morgens einen starken schwarzen Tee trinke.

Und so lange wie ich in der Klinik blieb und so oft ich in ein neues Krankenzimmer kam und neue Zimmergenossinnen bekam, wartete morgens auf mich auf einem Tisch einen starker schwarzen Tee.

Man soll sich morgens und abends gut waschen, um nicht so schwarz wie ein Schornstein zu sein!

Dieses Kindergedicht über Mojdodyr (wasche dich gut) ist uns von Kindheit an gut bekannt. Deshalb wird dieses Kapitel der Sauberkeit, dem Sanitätswesen und den Sanitätsnormen im Krankenhaus gewidmet.

Fängt das Theater beim Kleiderständer und beim Kleiderschrank an, so beginnt eine beliebige Klinik mit Bett und Toilette.

Eine der schönsten Weltstädte und ein uraltes Bett mit drei Betten, die völlig unhygienisch sind. Es sieht so unhygienisch aus, dass einige sehr wählerische Menschen sogar Angst haben, es anzufassen.

Die Toilette: Das ist eine Komödie und Tragödie gleichzeitig. Und wer weiß, was besser ist: zu weinen oder zu lachen.

Die Kranken in unserem Krankenzimmer machten selbst Scherze: »Mädchen, wenn ich nicht zurückkomme, ruft die Nothilfe. Ich schließe die Tür in der Toilette nicht zu, es gibt einfach keinen Riegel.« – Die Kranken haben irgendeine Leine an den Türgriff gebunden, um die Tür zu schließen. Das schmutzige Klosettbecken entsprach der Leine: Es wurde, wie es sich gehört, unten nicht mit Schrauben verschraubt, deshalb wackelte es zu allen Seiten. Und der Kranke, wie ein guter Gleichgewichtskünstler im Zirkus, hält mit einer Hand die Leine und bringt mit der anderen Hand seinen Hintern ins Gleichgewicht.

Ich brachte mir auch bei, geschickt auf das Klosettbecken zu steigen und dachte nicht darüber nach, was mit mir passiert, wenn ich einmal nicht mehr balancieren konnte.

Aber sogar in diesen gesundheitsschädlichen Minuten dachte ich wie eine Zombie-Idiotin an den Wasserkrug auf meinem Kopf.

«Hahaha!« – Jetzt kann ich schon wieder lachen, weil ich nicht wusste, was ich in zuerst retten sollte: meinen Kopf, mein Bein oder meinen Hintern. Oder vielleicht mein Auge!

Über eine Reinigung des Krankenzimmers und der Gänge kann man mit einem Satz sagen: Das war nur Nino, mit einem Eimer, mit einem Schrubber und mit einem Lappen!

Und ich erinnere mich gleich an Sulzbach und eine deutsche Putzfrau mit ihren Reinigungsgeräten: Das war ein schöner Wagen, mit vielen Shampoos und Reinigungsmitteln, mit einem Haufen von Servietten, Lappen und Schwämmen. Ein Reinigungsmittel ist für die Toilette, ein anderes ist für die Duschwände, das dritte ist für die Schränke, das vierte ist für das Fenster, alles glänzt und leuchtet rein.

Und ein austauschbarer Schrubber?! So viele Krankenzimmer – so viele Aufsatzblätter für den Schrubber, das heißt, jedem Krankenzimmer gehört ein Blatt, um den Fußboden zu wischen.

Ich habe so etwas nirgendwo in Russland gesehen. Und sehe es, vielleicht, auch nicht mehr.

Ich möchte mit dem Aussehen der Ärzte dieses Kapitel beenden und mit einem Lächeln über dieses Aussehen beginnen. Weil man in Russland immer sagt, dass man im Westen nur falsch lächelt. Aber ich persönlich habe nichts dagegen, dass der Arzt mit mir höflich und rücksichtsvoll redet, egal ob mit einem falschen Lächeln, aber trotzdem doch mit einem Lächeln.

Ist der Mensch krank, ist für ihn jedes Lächeln kostbarer als eine Tablette oder eine Operation. Und glauben Sie mir, der Kranke überlegt nie, ob der Arzt aufrichtig oder unaufrichtig lächelt.

Es ist nicht so gut, wenn der Arzt mit einem bösen Aussehen ins Krankenzimmer eintritt und grinsend mit dem Kranken redet.

Der arme Kranke wartet immer wieder auf ein gutes Wort. Er erwartet, dass der Arzt ihm zulächelt, weil ein gutes Wort besser ist als eine große Gabe.

Seine sämtlichen Erwartungen sind leider vergeblich! Der russische

Arzt geht weg, sagt dem armen Kranken zum Abschied etwas Böses. Der arme Kranke kann nur seinen Rücken, seinen gefalteten Medizinkittel, seine abgetragenen Pantoffeln und seine nie gebügelte Hose anschauen.

Das kann man über die deutschen Ärzte nicht sagen.

Beim ersten Mal, als ich ihr sehr steriles Aussehen ohne Flecken, ohne schmutzigen Tropfen sah, dachte ich, dass diese Ärzte von einem anderen Planeten gekommen sind.

Diese Menschen in schneeweißen Medizinkitteln, mit anderen sittlichen Begriffen, mit einem anderen Verstand und mit einer anderen Sittlichkeit sind die Einwohner eines anderen Planeten, einer anderen Zivilisation.

Und erst nach meinem Aufenthalt im Krankenhaus Sulzbach habe ich verstanden, dass es kein anderer Planet, sondern nur ein gutes Team von Ärzten und Krankenschwestern ist. Alle sind wie ausgesucht und jeder ist gleichzeitig einzigartig.

Deshalb ist es für einen Kranken angenehm, die Ärzte einfach anzuschauen, und dieses Arztteam wirkte auf mich persönlich wie guter Balsam, wie ein Jugendelexier. Und ich blühte dabei auf, mit ihnen zu verkehren.

Und alle jungen Ärzte, vom Oberarzt bis zum Chefarzt, waren eine echte medizinische »Fashion Parade«, bei der jeder seine eigen Tracht, seinen eigenen Charme und seinen eigenen Stil hat.

Sogar das Zubehör wie Socken und Schuhe wurde so sorgfältig ausgewählt, dass der gesamte Wohlklang der Farbe Weiß nicht zerstört, sondern ihre Weiße und ihre Sterilität betont wurde.

Ein neues Unglück und eine neue Erkrankung

Ich war noch nicht dazu gekommen, nach der ersten Operation gesund zu werden und nach der Laserbehandlung zu mir zu kommen, als ein neues Unglück und eine neue Erkrankung mich so vernichtet trafen, dass ich in einer Augenklinik in Sankt Petersburg fast gestorben wäre.

In der Nacht wurde mir schlecht. Ich, schlaftrunken und nichts verstehend, sprang heftig aus meinem Bett auf, die prachtvolle »Kanne« auf meinem Kopf gänzlich vergessend. Und lief im Galopp aufs Klo. Plötzlich wurde mir so übel, dass jeder neuer Brechanfall den Niagarafällen ähnlich war. Alle fünfzehn Minuten kehrte sich mein innerstes nach außen. Das dauerten drei bis vier Stunden. Sämtliche Gesichtsmuskeln waren vor Spannung verzerrt, und mein operiertes Auge konnte diese Belastung natürlich nicht aushalten und wurde blutunterlaufen. Aber das ganze Elend sah ich erst morgens, als ich mich im Spiegel anschaute und schauderte, weil mich das blutunterlaufene, von einer schweren Krankheit gequälte Auge einer abgemagerten Greisin ansah.

Ich erinnerte mich wieder an meine launenhafte und allerliebste Bernhardinerhündin , die einmal an einer schweren und für viele Hunde tödlichen Krankheit, einer hibernalen-vernalen Luftröhrenpneumonie, erkrankte. Sie wurde ebenfalls »auf links« gekehrt und nahm mit jedem neuen Anfall vor meinen Augen zusehends ab und starb langsam.

Und ich? Und nur nicht ich allein. Aber die Tierärzte aus der medizinischen Schnellhilfe konnten dabei auch nicht helfen und es blieb mir nur, auf ein Wunder zu hoffen!

Und dieses Wunder ist geschehen, weil mein Hund ein sehr starkes Herz und ein sehr starkes Immunsystem hat. Wundersamerweise wurde sie eine ganz gesunde Hündin. Und eine Woche nach der hibernalen-vernalen Luftröhrenpneumonie schwamm sie im eiskalten Wasser des Flusses Newa, fror gar nicht und genoss ihr Leben.

Mein Fall war ganz anders und ganz schlimm. Nein! Nein! Ich schwamm nicht in eiskaltem Wasser. Dieses Wunder besuchte mich in jener Nacht im Krankenhaus einfach nicht. Das Gegenteil trat ein, mein Zustand verschlimmerte sich immer weiter. Zum quälenden Erbrechen kam einen starker Durchfall hinzu.

Und ich konnte keinen einen Bereitschaftsarzt erreichen, weil ich mein Gesicht und meinen Hinteren nicht vom Klo trennen konnte.

Bei jedem neuen Versuch, in einem langen halbdunklen und leeren Flur irgendein Lebewesen zu finden, hatte ich immer wieder Pech. Und landete immer wieder auf dem Klo.

Das ganze Krankenhaus schlief fest, alle Patienten, Krankenschwestern und Ärzte.

Gegen Morgen, als mir besser wurde, konnte ich das Zimmer des Assistenzarztes erreichen, aus welchem ich ein lautes Schnarchen hörte. Leise öffnete ich die Tür und entdeckte meine Krankenpflegerin Nino, die auf einem Sofa saß. Dieses Mal war sie volltrunken. Auf mein bitterliches Flehen, dass mir ganz schlimm sei, reagierte sie natürlich inadäquat:

»Trinke Wasser aus dem Teekessel und gehe schlafen!«, sagte sie und schnarchte sofort weiter.

«Trinke Wasser aus dem Teekessel!« Ich konnte aus diesem sogar im gesunden Zustand nicht trinken, weil dieser schmutzige 5-Liter-Alu-Teekessel, der ohne Schnabel und mit kaltem Kochwasser im Gang stand, wegen seines Sanitätszustandes vor mir angezweifelt wurde. Ich glaubte aus unbestimmten Gründen, dass alle Kranken unserer Station direkt aus diesem gebrochenen Schnabel Wasser tranken, um Tabletten einzunehmen, ohne es in Gläser oder Tassen zu gießen,

Mein Versuch, irgendein Lebewesen zu finden, ging erfolglos zu Ende.

Erreichen! Gut gesagt! Weil ich im menschenleeren halbdunklen Flur auf allen vieren kroch, kroch ich in einem scheußlichen und unanständigen Aussehen: Mein ganzes Haar war zerzaust, mein kurzer Kattunschlafrock war schief zugeknöpft, daraus schaute ein zerknittertes Hemd hervor.

Ich erinnere mich schon nicht mehr, wie und wann ich in einem der Erholungsräume auf einem sorgfältig gedeckten Samtledersofa eine glückstrahlende junge Krankenschwester fand. Sie schlief so fest, dass ich mich schämte sie zu wecken.

»Entschuldigen Sie bitte, aber mir geht es wirklich ganz schlecht.«

»Also, was ist los? Durchfall? Erbrechen?«, fragte sie, endlich verstehend.

»Beides! Ich möchte Sie nicht stören, aber meine Tabletten helfen mir nicht.«

»Sie helfen Ihnen nicht mehr? Wie lange dauert es schon?«

»Ungefähr seit zwölf Uhr nachts.«

» Gehen wir. Ich gebe Ihnen andere Tabletten. Nehmen Sie zuerst zwei Tabletten ein. Dann nehmen Sie in einer Stunde noch zwei Tabletten. Und wir hoffen, dass dann alles vorbei ist.«

Es war erstaunlich, dass die junge Krankenschwester keine Angst hatte und sich über meine Erkrankung nicht einmal wunderte. Und an ihrem sicheren und kaltblütigen Benehmen konnte man sehen, dass sie auf diese Schwierigkeiten gefasst war.

Der Morgen des nächsten Tages war der Morgen meiner Genesung und der Anfang einer allgemeinen Seuche für die anderen kranken und gesunden Menschen.

Als Erster wurde ein Physiker krank. Er pflegte in unserem Krankenzimmer seine Ehefrau und war sehr froh, dass ich auf ein Krankenhausessen verzichtete.

»Serjesha! Wenn du möchtest, kannst du mein Frühstück, Mittagessen und Abendessen essen. Aber meiner Meinung nach ist die Küche an allem schuld. Ich habe den Eindruck, dass ich mit geschmorten »Kohle« vergiftete wurde, auf der die Ratten liefen. Ihren besonderen Geschmack habe ich immer noch im Mund und auf meinen Zähnen.«

»Ratten?« – Sergej wunderte sich aufrichtig.

»Ja genau! Ratten! Weißt du nicht, dass in Sankt Petersburg fast eine Seuche herrscht? Ich habe es persönlich gesehen, wie viele Ratten um unser Krankenhaus herum laufen. Und wenn sie uns mit einer Meute überfallen? Das ist doch furchtbar!«

»Irina, was sagst du da? Ich persönlich habe vor Ratengift keine Angst. Ich arbeite schon mehr als zwanzig Jahre lang mit radioaktiven Abfällen, und das ist weit mehr gefährlich …«

Aber das Krankenhausvirus hat sogar diesen abgehärteten Menschen gefesselt. Und er quälte sich genauso wie ich den ganzen Tag und die ganze Nacht.

Nach mir und diesem Physiker ging die Seuche in die anderen Krankenzimmer über und streckte alle der Reihe nach und ohne Ausnahme nieder und schonte niemanden, weder junge noch alte Menschen.

So wurden in nur einer einzigen Woche über dreißig Menschen in unserer Abteilung krank. Ehrlich gesagt, einige waren richtige Glückspilze und hatten nur ein leichte Übelkeit, leichte Schmerzen im Magen und ein kleines Erschrecken.

Aber für uns alle hat eine alte, an grünem Star erkrankte Greisin gebüßt: Sie wurde im Flur ohnmächtig und dabei vor allen Augen geschweißt.

Und deshalb konnten die Ärzte und die Krankenschwester nicht mehr so tun, als sei nichts passiert. Sie schlugen Alarm und trafen die ersten Hilfsmaßnahmen. Die ersten Hilfsmaßnahmen?! Mir ist bis jetzt komisch zumute, mich an diese dringende Maßnahme zu erinnern, weil das nur eine einzige blaue Quarzlampe und ein bisschen Chlorkalk waren.

Aber wie durch ein Wunder verschwand das Virus in der Augenabteilung. Wahrscheinlich ist es auf das nächste Stockwerk in die Chirurgie-Abteilung übergegangen und wahrscheinlich geht es durch sämtliche Stockwerke des Krankenhauses.

Ich weiß auch nicht. Ich weiß nur, dass die junge Krankenschwester, die mir mit den Tabletten geholfen hat, mir nach der Ohnmacht der Greisin ganz ehrlich sagte, dass die Infektion in der Augenabteilung erst in mehr als einem halben Jahr beseitigt werden kann.

Der Leser mag glauben, dass ich in diesem Abschnitt für Sulzbach einen großen Strich machen werde, weil die Keimfreiheit und die Sauberkeit die Gesundheitsgewähr eines Kranken und die Haupteigenschaften einer deutschen Klinik sind. Aber es stellte sich heraus, dass es sogar dort, wo es hundertprozentige Keimfreiheit und Sauberkeit gibt, irgendwelche unerwarteten und nicht erwünschten Wirkungen gibt.

Ich lag vielleicht nach meiner zweiten Operation mit einer unglücklichen jungen Deutschen, die eine starke Zuckerkrankheit hatte, in meinem Krankenzimmer. Als Ergebnis bleibt ihr ein abgenommener Fuß und Probleme mit dem Sehvermögen.

Sie wurde von der Chirurgie-Abteilung direkt in die Augenabteilung eingeliefert. Ich weiß nicht, was mit ihr passierte, aber sie hatte eine Bakterie in ihrem Blut. Irgendein Virus, das auf andere Menschen sogar über einen Händedruck übertragen werden kann.

Ich litt mit dieser Frau auf meine eigene Art mit und fühlte mit, half ihr, sich an- und auszuziehen, das heißt, ich hatte einen mehr als hundertprozentigen Kontakt mit ihr.

Ich erinnere mich jetzt daran. Das war ein Samstagabend. Überall auf allen Stockwerken, in den Lokalen und in den Erholungszimmern war es voll von Verwandten, Besuchern und Bekannten der Kranken. Nur ich war wie immer allein.

Deshalb besuchte ich eine Kapelle, um die nächste Predigt des Pastors anzuhören. Ich bin keine Katholikin, aber ich besuche manchmal die deutschen Kirchen und höre gern die klare und vernehmliche Rede eines Pastors. Erstens ist es interessant, zweitens ist es aufschlussreich und nützlich und drittens verbessere und schleife ich auf solche Art meine scheußliche gemeine deutsche Sprache.

Als ich nach der Predigt zurückkam, warteten die Krankenschwestern schon auf mich, fassten mich und brachten mich in ein anderes Zimmer. Sie isolierten mich von anderen Kranken und von der Umwelt des Krankenhauses. Innerhalb von fünf Minuten dichteten sie alle Ein- und Ausgänge in meinem Zimmer ab wie in einem U-Boot, wenn irgendein Raum kaputt ist und dicht gemacht werden muss. Schilder mit dem Warnhinweis »Vorsicht! Handinfektion« und die entsprechenden Vorsichtsmaßnahmen wurden beiderseits der Tür aufgehängt. Die Kleidung des hereinkommenden Personals wirkte auf mich erschreckend. Und wie konnte ich auch nicht erschrecken, als diese mich an einen scheußlichen amerikanischen Horrorfilm über eine tödliche Seuche erinnerten: sehr lange Arztkittel, an den Beinen hatten sie Stiefel, auf dem Kopf eine helmartige Kapuze, an den Händen Handschuhe.

»Bin ich an der Beulenpest erkrankt?«, dachte ich jedes Mal, wenn ich einen Arzt in dieser scheußlichen Kleidung sah und bemerkte, wie sorgfältig er seine Hände nach jedem Kontakt mit mir mit einem antibakteriellen Mittel wusch.

Die russische Putzfrau, die von deutschen Ärzten fürsorglich zu mir geschickt wurde, wollte mich beruhigen und sagte, dass ich zu neunundneunzig Prozent gesund sei. Ich freute mich über diese gute Neuigkeit nicht. Weil noch ein Prozent blieb. Klein, aber fein. Und ich hatte das Los wie nur wenige Glückspilze gezogen. Was nun?

Wenn du in einer Isolierstation bist, fragst du dich, was besser ist: entweder an einer ansteckenden Krankheit zu leiden und auf eine Genesung zu warten, oder immer wieder Angst zu haben, dass du fürchterlich krank wirst.

Du bleibst immer in Angst, wenn du einen lärmenden normalen Alltag im Krankenhaus mit einer Nacht und eine stille Nacht mit einem Tag verwechselt. Ich lag wie eine erschrockene Eule im Bett, die darauf wartet, was mit dem nächsten Morgen kommt.

Genau drei Tage und drei Nächte, völlig abgequält und überreizt, lag ich in dem Isolierraum in einem alptraumhaften Halbschlaf, im Halbbewusstsein, im Halbunsinn.

Die Arbeit der Nachtkrankenschwester machte auf mich großen Eindruck. Sie war verpflichtet, alle drei Stunden alle Krankenzimmer zu überprüfen. Die Kontrolle wurde auf folgende Weise durchgeführt:

Die Nachtkrankenschwester machte die Tür eines Krankenzimmers ganz leise auf, trat ein, hörte aufmerksam zu, wie ihre Kranken atmeten und wie sie schliefen. Sie blieb zwei bis drei Minuten stehen, überzeugte sich, dass alles in Ordnung war, und verließ das Krankenzimmer genauso leise.

Ich bin ganz sicher, dass unsere Nachtkrankenschwester in Russland genauso verpflichtet wäre, aber so etwas passierte natürlich nicht.

Und es geht dabei nicht um Geld. Egal, wie viel Geld du für eine ordentliche und wachsame Kontrolle bezahlst, schnarcht eine russische Krankenschwester auf irgendeiner komfortablen weichen Velourcouch. Gut, wenn sie nicht ganz nackt dabei ist. Weil solche Wörter wie Ehre, Pflicht, Verbindlichkeit und Gewissen schon lange Zeit in Russland vergessen sind und den ABC-Schülern erneut zu erklären wären, um bei diesen eine neue Sittlichkeit eines normalen russischen Menschen zu erzielen.

Als die Isolationstür endlich geöffnet und mir mitgeteilt wurde, dass ich völlig gesund war und nach Hause fahren konnte, verließen mich meine letzten Kräfte. Ich weinte so, wie ich zum letzten Mal am Kopfende meines verstorbenen allerliebsten Ehemannes geweint hatte!

Aber im Krankenhaus gab es keine Seuche mehr, und alles war ruhig und zum Wohle der Patienten.

Und um ganz sachlich zu sein, kamen mir ein leichter Flirt und eine kleine Liebe sehr gelegen, diese Isolierung zu überleben und die üblen, scheußlichen Gedanken zu besiegen.

Das Leben geht weiter
oder zwei Augen für zwei Menschen

In dieser Zeit, über die die Rede ist, wurde ich von einem Mann leicht entzückt.

Das passierte natürlich in Deutschland, in der Klinik in Sulzbach, da in Russland heute die Menschen, besonders die alten Menschen im Krankenhaus, keine Zeit zum Flirten haben. Sie werden von ganz alltäglichen Problemen geplagt: Wie viele Eier bekommen sie zum Abendessen und kriegen sie überhaupt ein Stück Butter zum Frühstück.

Ich nenne seinen Namen und seine Nationalität nicht, um irgendwelche Missverständnisse zu vermeiden. Ich sage nur das Eine, dass Mister X sogar mit einem operierten eingeklebten Auge sehr hübsch war.

Und wir passten so gut zueinander und stimmten überein, dass die Besucher, die uns in einem Lokal sahen, lächelten ungewollt. Und wie kann man nicht lächeln, wenn beim meinen Verehrer ein linkes Auge, und bei mir ein rechtes Auge eingeklebt wurde. Und ein kleines Mädchen, das uns gesehen hat, erfasste gleich die Situation und rief aus:

»Vati! Vati! Guck mal! Zwei Augen für zwei Menschen!«

»Was denn? Was denn? Wie kann man das sagen?! Sei ruhig!«, bat der Vati seine Tochter erschrocken, aber als er sah, dass wir lachten, lachte er unwillkürlich auch.

Zwei Augen für zwei Menschen! Sogar wenn du es beabsichtigst, kannst du kaum etwas Besseres finden.

Wahrscheinlich sahen wir für Unbeteiligte wirklich komisch aus. Wie zwei Piraten. Aber wir waren damals zu zweit ganz glücklich. Und alles Übrige? Alles Übrige spielte keine Rolle!

Der Flirt fing an, als ich in der Isolierstation eingesperrt wurde. Und »Mister X« wusste zunächst nicht wo ich war.

Aber die schockierende Aufschrift »Handinfektion« auf der Tür eines Krankenzimmers konnte seine Zweifel beseitigen. Und er stand wie ein sechzehnjähriger Junge während seiner Freizeit am Fenster neben dem Aufzug, hoffend, dass ich ihn aus meinem Fenster sehe.

Das war einäugiger Romeo unter den Fenstern einer einäugigen Julia.

Aber am ersten Isolierungstag war ich zu aufgeregt, um aus dem Fenster zu gucken. Ich lief manisch im Krankenzimmer hin und her, und eine fürchterliche Erkrankung wechselte mit einer noch viel fürchterlicheren Erkrankung dank meiner Einbildungskraft.

Aber am nächsten Tag war ich es bereits müde, über allerlei Bakterien und Bazillen nachzudenken, und ich guckte aus dem Fenster ... und verlor den Kopf, als ich »Mister X« sah.

»Mister X« hat mir mit Handzeichen ein Papier und einen Füller gezeigt.

Er wusste ganz genau, dass ich gerade dieses Fachzubehör mitnehme, egal, wohin ich fuhr: ins Krankenhaus oder zu einer Raststelle, zu einer Operation oder in einen Kurort.

Und wirklich, kein normaler Mensch, der operiert wird, nimmt in die Augenklinik einige große Hefte und einige Füller zusammen mit einem Pyjama und einer Zahnbürste mit. Niemand, außer mir ...

Und so begann unser »Roman« mit Briefen auf einem Fensterbrett.

Und alles, was jetzt mir von »Mister X« bleibt, ist in einem großen Heft mit großen, manchmal lustigen, manchmal komischen Buchstaben: »Ich bin nervös und habe Angst«, »Ich habe gut gegessen und schlecht geschlafen!«

Was muss ich sein?

Gewiss, besser an und für sich zu sein. Aber wenn der Mensch eine lange Zeit krank ist und von einem Extrem ins andere fällt, passiert es, dass seine gewohnheitsmäßige Welt zum Teufel geht und er zweifelt an Dingen, an denen er früher nie gezweifelt hat.

Ich habe alle Werte auch einmal umgewertet. Nach sechs Operationen beneidete ich aufrichtig eine Putzfrau in der Klinik in Sulzbach und bedauerte sehr, dass mein Leben der Literatur gewidmet ist.

Kranke Menschen sind sehr abergläubisch, besonders die Künstler. Sie können alles aufs Spiel setzen.

Ich fuhr einmal in Sankt Petersburg mit der U-Bahn, um mich in einer Augenklinik beraten zu lassen. Als den Waggon ein afghanischer Kriegsinvalide mit einem Bein betrat und bettelte, sagte ich mir:

»Ich gebe ihm fünfhundert Rubel und habe mit meinem Auge kein Problem!«

Aber der Invalide stieg plötzlich aus dem Waggon aus. Und ich, wie eine Geisteskranke, rannte ihm nach mit wildem Schreien: »Warten Sie doch! Warten Sie doch!«

Der einbeinige Mann konnte das natürlich nicht verstehen, als ich ihn einholte und ihm das Geld gab. Er war vor Glück ganz verdattert.

»Bitte bedanken Sie sich nicht!«, sagte ich zum Abschied.

Dieses abergläubische Spiel dauerte alle drei Operationen in Sankt Petersburg. Ich spielte es jedoch mit einem einzigen Wunsch – so schnell wie möglich in einer deutschen Klinik behandelt zu werden. Deutschland war für mich damals in Russland wie ein Gott und ein Allheilmittel für sämtliche Krankheiten.

»Komme ich einmal nach Deutschland zurück…« – Ich beruhigte mich jedes Mal vor der nächsten Operation in Russland.

Als ich schließlich nach Deutschland kam, klammerte ich mich schon nicht mehr daran. Da fantasierte ich ganz anders. Das war aus unbestimmten Gründen durch meine Konfession bedingt:

Ist eine Operation gelungen und ich kann wieder sehen, glaube ich katholisch. Ich merkte nach der ersten Operation in Sulzbach. Dass das zu früh war, denn nach der ersten Operation folgte die zweite.

»Bitte Allah! Allah ist am größten! Allah hilft immer!«, versicherte mir meine Bettnachbarin – eine Moslemin – im Krankenzimmer nach der zweiten Krankenhauseinweisung.

»Gut! Komme ich nicht mehr in die Klinik nach Sulzbach zurück, werde ich Muslimin!«, sagte ich ihr zum Abschied – und wieder zu früh. Meine Fantasien sind wieder nicht in Erfüllung gegangen, da besuchte ich zum dritten Mal die Klinik in Sulzbach.

Vor der nächsten Operation wollte ich überzeugt werden, dass es in Ordnung ist, wenn ich eine Buddhistin werde. Ich hatte von einem Kranken zufällig gehört, dass er zum siebten Mal in diesem Krankenhaus behandelt wurde. Meine Lieblingsziffer »7« ernüchterte mich vollkommen.

Es ist doch besser, zu mir zu kommen, mich mit meinem literarischen Schaffen zu beschäftigen und Christin zu bleiben.

Meine eigenen Überzeugungen, mit meiner Lieblingsziffer »7«, wie sonderbar es auch scheinen mag, wirkten für mich am besten. Und ich wurde aus der deutschen Klinik entlassen, und beneidete keine Putzfrau, keinen Arzt, keinen Oberarzt, sogar keinen Chefarzt.

Ich denke schon nicht mehr an meine Blindheit. Mein Leben wurde wieder so bunt wie ein Regenbogen. Auf Regen folgt Sonnenschein und ich habe meine Gegenwart, meine Vergangenheit und meine Zukunft wieder.

Jeder Mensch muss tun, was er will und am besten kann. Dann ist dieser Mensch am glücklichsten.

Ich persönlich schreibe die interessantesten Bücher. Ich bin die Beste. Meine Fantasien nehmen mich mit, irgendwohin ganz weit aus dieser realen Welt. Ich flattere dann wie ein Schwalbenschwanz sorglos um die unwirklichen Erscheinungen einer wunderbaren Schönheit herum. Ich kann leider nicht immer um die bezaubernden Luftspiegelungen und entzückenden Fantasien herumflattern. Mein Schicksal hat mich oft in eine ganz andere Welt des Bösen und der Gewalt, der Schmerzen und des Kummers, der Brutalität und der Gleichgültigkeit verschlagen. Egal, wo ich war und wo ich herumgeflattert bin, komme ich mit den neuen Sujets für die neuen Bücher zurück. Und meine tägliche und mühselige Schreibtischarbeit beginnt, aber das ist leider für meine Leser uninteressant …

PS: Übrigens, mein nächstes sehr originelles Buch heißt »Ein armer Millionär«, dessen Inhalt mir zugefallen ist: Ich wohnte vier Jahre mit dem gierigsten Mann im Saarland zusammen und habe ihm über dreißig komische und traurige Geschichten gewidmet und von einem Millionen-Lottolos geträumt. Ich träumte davon Tag und Nacht und habe einmal am Samstagabend ferngesehen und acht Millionen Euro gewonnen. Aber wie sich später herausstellte, habe ich die Spielregeln nicht befolgt und deshalb gar nichts gewonnen. Aber die Ausgangsphantasien des armen Millionärs waren so frech, bunt und originell, dass ich dieses sehr originelle Buch unbedingt schreiben muss!

Oberkirchen
27.05.2008